틀에서 쌤으로, 초보 엄마 육아 일기

코코네 집으로
놀러 와!

둘에서 셋으로, 초보 엄마 육아 일기

코코네 집으로 놀러 와!

글·그림 박로토

루리
책방
RURI-BOOKS

목차

1장
임신에서 출산까지

2장
출산에서 육아 12개월

임신에서
출산까지

#진짜육아는 #지금부터야 #롸잇나우

임신 4주

기다리던 이 순간

#임신테스트기 #진한두줄 #현실감없음 #감기인줄

013

초고속 입덧

#그거 #임신맞아 #임신초기 #증상놀이 #예민보스

아~ 이날은 아직도 어제 일처럼 생생해요.

임신을 하려고 마음만 먹으면 단박에 확! 되는 건 줄 알았는데 아니었어요.

슬슬 아기를 갖자고 결정하고 한 달, 두 달, 세 달 초조한 시간이 흘렀지요.

엄마의 마음이 편해야 아기가 온다는데...

마음은 초조했지만 괜히 아닌 척! 무심한 척! 웃어 넘겼었지요.

그런데 친정에 있던 어느 날, 진짜 뭔가 느낌이 왔어요! 몸이 너무 안 좋더라고요.

그냥 생리 전 증후군이라고 하기에는 기분이 이상해서 테스트기를 써봤는데

우와! 두 줄이 엄청 선명하게 나오는 거예요!

인터넷 카페에 수없이 올라오는 임신 테스트기를 봤지만

이렇게 선명한 두 줄은 본 적이 없을 정도였어요.

'아, 이건 임신이구나' 바로 알았습니다.

많이 상상해왔던 순간인데 솔직히 생각했던 것보다는 덤덤했어요. ^^

그냥, 그대로 조용히 화장실을 나와서 엄마에게

"나 임신했나 봐!" 하니까 "알아, 그런 것 같더라." 하시더라고요.

응? 어떻게 알았지?

엄마아빠 확정!

남편이 미리 산부인과 병원을 알아놓았었다.

여기 어때?

벌써?

아직 임신 전이었다.

임신인 걸 알자마자 확진을 받으려고
그 병원에 예약!!!

원래 다니던 산모님이세요?

처, 처, 처음이에염!

괜히 떨렸다.

남편이 조금 일찍 퇴근을 해서
같이 갔다.

기대된다!!

너무 떨려!!

6주는 됐을 줄 알았는데 4주였다.
저 작은 집을 짓느라고 배가 아팠다니!

저게 아기집이지?

작다…

저 시커먼 거…

신기해!

#임신확정 #반가워아기야 #첫초음파 #이게뭐라고 #아기집 #에라모르겠다

난생처음으로 초음파 검진을 받는 날!

진료를 예약하면서부터 엄청 떨리더라고요.

우려했던 것처럼 질 초음파는 정말이지… 으…

정말 좋은 느낌은 아니었어요!

낯선 느낌에 오만상을 찌푸리고 있다가 "정상 임신이네요."라는

선생님의 말씀을 듣자마자 표정이 확 펴졌습니다. 하하.

생각보다 임신 초기에 유산하는 확률이 아주 흔하다고 알고 있었기 때문에

너무 기대하지 않으려고 애쓰고 있었거든요.

임신이 잘 되었다는 말씀에 안도감이 들어 웃음이 나왔어요.

진료를 마치고 의사 선생님께서 뽑아 주신 초음파 사진을 남편과 들여다보았습니다.

저절로 킥킥거리는 소리가 나왔어요. ㅎㅎ

"저 시커먼 게 아기집이라는 거지?"

"아기가 집만 짓고 아직 입주를 안 한 것 같아! 하하."

그런데 나중에 시간이 지나서 남편과 이야기를 하다 보니

초음파 사진을 보면서 웃고 있었지만

사실은 남편과 저 둘 다 속마음은 걱정이 한가득이었어요.

기쁘기도 했지만 앞으로 밀려올 변화들이 겁나더라고요.

아기가 이 마음을 알면 서운할까요?

'좀 봐주라, 아가야. 우리도 처음이라서 그래.'

임신 5주

입덧에 K.O

#5일만에 #3kg빠짐 #개코 #남편냄새 #우웩 #앗미안

태몽은 만두만두 왕만두

태몽은 막내 이모가 꾸어 주셨다.

우리 이모들 태몽 전문가!

조카태몽도 이모들이 꿔 줌!

식탁 가득히 반짝반짝 빛이 나는 만두가 차려져 있었다고 한다.

너무 예뻐서 한참을 쳐다봤다며 예쁜 아기일 거라고 해주셨다.

뽀아!!!

(큭, 상상만 해도 귀엽다!!)

엄마

만두는 딸이라던데!

어머님

만두면 딸이 겠네~

언니

딸꿈 이래!

헷... 궁금하다...

#아들딸 #상관없이 #만두낳아 #잘기르자

있어도 걱정, 없어도 걱정

#쫄보엄마 #방심은금물 #입덧은 #왔다갔다하더라

두근두근, 너의 심장 소리

확진 이후, 처음으로 병원에 다녀왔다.

오늘은 배로 검사되나요?

아니요^^

우에에엥

아기집이 꽤 커져 있었고
조그만 아기에게 심장이 생겼다.

쿵덕 쿵덕

우와~

건강하고
아주 좋네요~

좋은 소리만 들은 건 아니지만,
마음 편히 먹고 조심하기로 했다.

피고임이 조금 있어요~

사이클 타면
?
안되죠^^

...넵.

산전검사까지 하고 기분 좋게 마무리!

피 하나도 안 아프게
뽑으셔!!지니어스!!

ㅋㅋㅋ
수고했어

#쿵덕쿵덕 #힘차기도하다 #엄마몸조심해 #격한운동금지

021

코코야, 아빠 목소리 들려?

#코코야 #아직귀는없지만 #들어봐리슨 #아빠가너좋대

태명을 지을 때에는 된소리나 거센소리가 들어간 단어로 해야
배 속에 있는 태아가 잘 듣는다고 해요.

그래서 코코가 생긴 여행지였던 샌프란시스코의 끝자리를 따서 '코코'라고 지었어요.

어감이 귀엽고 부르기도 쉽고,

또 기념할 만한 여행이었다는 생각이 들어서 정말 좋았지요.

그런데 저희 부부가 놓친 점이 있었어요.

생각보다 사람들이 태명의 뜻을 정말 많이 물어봐요!

그럼 그때마다 저랑 남편은 긁적긁적...

"아... 저희가 샌프란시스코 여행에서 아기가..."

와우! 정말 민망하더라고요. 흐흐.

당당하게 말해보려고 해도 항상 귀까지 빨개졌어요.

부끄러운 건 아니에요! 조금 민망할 뿐...

저희 부부에겐 마음에 쏙 드는 태명이랍니다.

"코코, 코코! 코코코코코코코! 코코야!!!"

너무 귀엽지 않나요? ^^

별 게 다 있는 입덧 지옥

입덧이 괜찮아졌음에도
사라지지 않는 것이 있다.

그것은
바로

양.치.덧

양치덧이 있다는 걸 몰랐을 때는
양치하다가 구역질이 나서 당황.

치카치

카오엑-

양치덧이라는게 있다는 걸 알고
또 당황.

먹덧
토덧
칭덧
양치덧

어휴...

별게
다
있네...

호르몬아, 작작해...

진짜 되게

극성이다...

#징글징글 #호르몬 #임신부치약추천 #내돈내산

024

나의 입덧 기간 생존 음식 !!!

사람마다 먹히는 음식이 달라요!
꼭! 입맛에 맞는 음식을 찾으시길 바랍니다.

① 백설기

백설기 한 개를 하루종일
조금씩 뜯어먹었어요.

② 시리얼

아몬드플레이크만 먹혔어요!

③ 크래커

아침 공복에 더 심한 입덧!
크래커를 입에 물고 불려 삼키면
도움이 됐어요.

④ 샤브샤브

육류는 전혀 못 먹었는데
샤브샤브 국물로 만든 죽이
이상하게 정말 맛있었어요~

⑤ 과일

자두, 자몽, 귤처럼 새콤한 과일은 수분 보충에도 좋아요!

끝나기만을 기다리면서 간신히 버틴 입덧 기간…!
이 시기에 산모가 잘 챙겨 먹지 못해도
아기는 잘 자라니 너무 초조해하지 말고
힘을 내 봅시다! 아자 …!

임신 9주

젤리곰 초음파

#꼬물꼬물 #젤리곰 #진짜귀여움 #영상무한반복

이 시기의 아기들을 초음파 사진으로 보면

팔과 다리가 되는 부분이 찔끔 튀어나와 있어요.

그동안에는 그냥 작은 동그라미였는데 이제는 곰돌이 젤리와 똑같이 생겼습니다.

게다가 그 곰돌이 젤리가 꼬물꼬물 움직여요!

아기집 속에서 꼬물꼬물 움직이는 젤리곰 아기를 보고 있으면

입덧으로 지친 몸에 기력이 확 생깁니다.

아직 내 배 속에 아기가 있다는 사실이 실감나는 것은 아니지만,

이렇게 아기가 조금씩 조금씩 자라나서 정말로

세상에 뿅! 하고 나타나겠지요?

기운 내고! 젤리곰이 잘 자랄 수 있도록

뭐라도 챙겨 먹어야겠어요.

먹은 것도 없는데 배가 볼록해

어? 배가 좀 나왔나?

볼록

오? 몸무게는
안 늘었는데...

배꼽 아래가
뭔가 딱딱하다!

언니

첫째는 10주엔 거의 안 나올텐데?

코쓱——

후후...그럼
방귀니?

아니면 역시
너니⋯?

코코
계세요?

똑!
똑!
똑!

기력은 줄고 뱃살은 늘어난 10주!

내가 먹어야
아가한테
좋을 텐데⋯

입덧 아예
끝나면
좋겠다⋯

#똑똑똑 #코코야 #엄마는강제금식 #너배안고파?

임신 중 필요한 영양소 BEST 5!

산모의 몸상태에 따라서
영양제를 섭취하는 것이 좋아요!

변비 조심하세요~!

철분

- 임신 중기~출산 후 3개월까지 철분 영양제 섭취 권장!
- 임신 중 쉽게 생기는 빈혈 예방
- 출산 시 생기는 출혈에 대비
- 흡수율 높이려면 비타민C와 함께 섭취!

엽산

- 임신 전~임신 14주까지는 엽산 영양제 섭취 권장!
- 태아 기형의 위험을 낮춰 줌

오메가3

- 태아의 시력 형성과 뇌발달에 도움이 됨.
- 산모의 혈액순환과 조산예방에도 좋음.

비타민D

- 햇빛으로 얻기에는 산모의 외부활동량이 부족함.
- 임신성 당뇨와 임신중독증의 위험을 낮춰 줌.

유산균

- 변비 예방.
- 면역력 강화로 질염 예방.
- 세로토닌 촉진으로 우울증 예방!

부모가 될 준비

몸에 뭘 바르는 걸 귀찮아하는
내가 크림을 열심히 바르고,

♪ 트지 마라~
트지 마라~

내 몸 아파도 먹지 않던
약을 매일 챙겨 먹는다.

미루고 미루다가
자기 직전에
먹는다.

으ㄹㄹㄹ...

먹기 시르...

영양제는 앞으로
점점 늘어난다고...

여보도 집안일하느라
고생이지...

기특해!
잘하고 있어!

근데
짠해...

뭐 특별한 건 없지만 애쓰고 있다.

난 아빠!

난 이제 엄마!

얍!

얍!

#엄마가건강해야 #아기도건강하다 #남편은거들뿐

가자! 임신 중기로!

내가 상상했던 임신부의 모습은 이렇다.

살이 올라
통통한 얼굴 →

입덧이
← 있어도
밥은 먹음!

축하!!

몸 조심해!

현실의 나는 훨씬 우중충하다.

입덧

여드름

두드러기

잇몸에서 피

자궁통, 찌릿통

왜때문인지
배에 작은 털이…

새벽에 오한

빈뇨

어느 정도 알고 시작한 거지만
직접 겪는 것은 상상 이상이었다.

후훗…

내가 원한
일인데도
쉽지가 않네…

그 와중에 남편은 자신의 역할을
생색 한번 없이 해 주었다.

주물러 줄까?

먹고 싶은 거
사다줄게!

집안일
착착!

격려 빵빵!

031

이 사람이기에 참 든든했다.

코코야,
네 아빠는
멋진
사람이야.

너도
멋진
아기일 거야.

아기를 품어 키우는 게 내 역할이라면
앞으로 남은 시간도 잘 해내 보자.

가즈아~!

행복한 임신 중기로!

임덧지옥

나 혼자서 애쓰는 게 아니고
우리 셋이 함께라서 든든해!

GO GO!

#대환장파티 #임신초기 #입덧지옥 #탈출인가 #중기가즈아

생각했던 것보다 요란했던 임신 초기였습니다.

식사 준비를 하다가 갑자기 화장실로 달려가서 변기를 붙들고

욱! 하는 건 정말 드라마에서나 가능한 이야기였어요.

현실은 냉장고 문도 열지 못하겠더라고요. ㅠㅠ

입덧은 사람마다 다르지요.

실제로 입덧이 전혀 없어서 배가 나오고 나서야

임신인 줄 알았다고 말하는 사람도 있다고 하니까요.

저에게는 정말 꿈만 같은 이야기네요. 흑흑.

입덧 없는 사람들이 정말 부러웠지만 제가 먹지도 못하고,

잠도 자지 못해도 아기가 건강하게 크고 있다는 사실에

감사하면서 하루하루 버텼답니다.

임신은 아름답기만 한 건 아닌 것 같아요.

그걸 해내는 엄마들이 아름답죠.

임신 기간 중에 중기가 제일 편하다고 하는데, 정말 그럴까요?

설레는 마음으로 중기를 향해 갑니다! 고고! ^^

태교를 시작해보자!

#음악태교 #시끄러워 #엄마가좋아야 #진짜태교 #음악꺼버림

요즘 엄마들을 보면 임신을 알게 된 순간부터 공부를 참 열심히 하더라고요.

저도 열심히 임신·출산 책도 보고, 인터넷으로 영상도 찾아보면서 공부를 했어요.

태교에 관한 정보도 엄청 많더라고요.

저도 의욕을 가지고 아기에게 좋다는 클래식 음악을 틀어보았는데,

저랑은 맞지 않았는지 귀에 거슬렸어요. 하하.

아무리 좋은 음악이라고 하더라도 제 귀에 시끄럽다면

태교가 아닌 것 같아서 그냥 꺼버렸어요. 대신 자연의 소리를 찾아서 들었어요.

심란했던 마음도 진정이 되더라고요. 좋았습니다.

가끔 기분이 처지는 날에는 신나는 노래를 틀어 놓고 따라 부르기도 했답니다.

기분이 좀 나아지더라고요!

최고의 태교는 엄마의 마음이 편안한 것이라고 해요.

엄마가 대중가요를 좋아하면 어때요?

신나는 음악을 틀어 놓고 덩실덩실 춤을 추면 뭐 어때요?

배 속에 있는 아기도 덩달아 신이 나지 않을까요? ^^

1차 기형아 검사

12주가 되면 1차 기형아 검사를 받는다.

염색체 이상으로
인한 문제가
있는지 확인!

뇌 / 콧대
목투명대 →
등등을 검사한다.

의외로 너무 안 떨려서,
엄마의 촉이겠거니 하고 걱정을 안 했다.

떨리지 않는 이유가 있겠지!

난 쫌
떨려…

피스

다행히 문제없이 통과했고,
입체 초음파로 코코를 만났다.

오오!!
오
오오!
우와!

검사 때마다
열성적인 방청객!

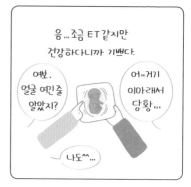

음…조금 ET 같지만
건강하다니까 기쁘다.

여보,
얼굴 여긴 줄
알았지?

어…거기
이마래서
당황…

나도^^…

#찰흙인형 #어디가눈이고 #어디가코지 #근데왜귀엽냐

임신 13주

내 체력 어디로 갔지

봉이 오고 컨디션이 돌아오니
나들이가 즐겁다.

아기 낳으면
가택연금이래…

나가자!!

부모님들도 찾아뵙고, 지인들도 만나고,

볼살
통통족

아뇨..
저는
다이어트
한 것…

입덧은 신랑이 한 것 같다…

미뤄뒀던 볼일들을 보면서
남편과 데이트도 했다.

아이스크림 와플!!!

많이
먹어.

응응

우오!!

그렇게 4일 연속 나들이에
이틀을 뻗었다.

기초체력 무엇이냐…

#저질체력 #골골거리는중 #그래도열심히 #나들이가자

037

훌륭하지 않아도 충분해

#훌륭한아빠 #훌륭한엄마 #지금이대로도 #충분한우리

남편이 고민을 말했어요.

"훌륭한 아빠가 되고 싶은데, 내가 될 수 있을까?"라고요.

저는 훌륭한 엄마가 되고 싶다고 생각한 적이 없습니다.

그동안 살아오면서 한 번도 스스로를 훌륭하다고 느낀 적이 없는

그냥 평범한 사람인데 아이를 낳았다고 갑자기 훌륭한 엄마가

될 수 있을 리가 없잖아요.

그런데 이 평범함도 쉽게 이룬 것은 아니었어요.

어디 가서 욕먹지 않도록 가정 교육 잘 시켜 주신 부모님께 감사하고,

모나지 않게 괜찮은 어른이 된 저 자신이 대견합니다.

남편은 항상 목표가 있고 꿈을 크게 꾸는 사람입니다.

당장 손에 닿지 않게 목표를 높이 두고 노력하는 사람이지요.

때로는 좀 과하지 않나 싶지만, 그 과정에서 하나씩 이루어 내는 모습이 멋져요.

좀 귀엽기도 하고요! ^^

아기는 훌륭한 사람이 되지 않아도 좋다고 생각해요.

그저, 남편과 제가 훌륭한 본보기가 됐으면 좋겠습니다.

가정교육 잘 받은 태가 나고, 반짝이는 목표를 꿈꾸는 아이로!

좀 귀엽게!! ^^

엄마모드 on?

나는 아기들을 귀여워하지만
솔직히 좋아하지는 않는다.

엄밀히 말하면
좀 무섭다-

작아...

아부-

그래서 임신 14주인
아직까지도 종종 혼란스럽다.

!?

벌써
14주야!

모든게
바뀌고
있어!!
호에엥!

임신을 하면 저절로 마음이
엄마 모드가 되는 줄 알았는데...

난 그런
엄마가
아니네...

천천히
되려나
보다...!

근데 밖에 나가면
온화한 임산부인 척하게 된다.

호호

입덧이
좀 있기는
했지만
괜찮아요~

잘 크고
있다니
다행~

후후

#천천히엄마 #느려도괜찮아 #온화한임신부 #내면의평화

저는 임신을 했다고 바로 엄마의 마음이 느껴지진 않았어요.

조금씩 배가 나오기 시작하고, 몸은 점점 힘들어지고…

임신부보다는 환자가 된 기분이었습니다.

배 속에 있는 아기가 건강하기를 누구보다 바라고 있지만,

일단 제 몸뚱이가 힘이 드니까 속상한 마음이 크더라고요.

좋아하던 감자를 먹다가 변기로 달려가서

울컥 토하고 난 뒤에는 눈물이 찔끔 났습니다.

'아니 내가… 하루 종일 아무것도 먹지도 못하다가

감자 한 개 먹겠다는데 이걸 못하게 해!'

임신 전 제가 기대했던 임신부의 모습은 이런 게 아니었는데…

상상했던 모습과 현실의 모습이 많이 달라서 당황스러웠어요.

그래도 언젠가는 저도 엄마 스위치가 켜지겠지요.

급할 건 없으니 스위치가 켜질 때까지는

철이 좀 덜 든 것 같은 제 모습을 즐기려고 해요!

D라인 시작

입던 바지가 드디어 안 맞는다.

정신력으로도 안 잠겨!!

코코, 너 쑥쑥 크고 있구나!

본격적으로 D라인이 돼가고 있나 보다.

D-♥

오오!!신기해!!

볼록해!

원래 있는 옷들이 헐렁한 스타일이라 따로 임부복을 살 생각이 없었는데,

낙낙한 블라우스

통자원피스

고무줄 치마

바지는 너무 불편해져서 결국 샀다.

여기부터

여기까지 고무줄

신세계!!

엉청 편해!!!

#본격적인D라인 #똥배아니라고 #임부복쇼핑 #너무편해

코코의 성별은?

드디어 성별을 알 수 있는 검진 날!

끼약!!

이제 궁금해!

4주 만에 가는 병원이라서 성별보다는 잘 크고 있는지 더 궁금했다.

태동도 아직이고…

잘 있니, 코코야?

‥‥

다행히 쑥쑥 잘 크고 있는 딸이었다.

그러네!

아기 궁둥이

미끈해! 딸인가봐!

건강하게 만나길 바라는 마음으로 집에 오는 길에 꽃신을 샀다.

이걸 신기는 날이 오겠지?

#딸이다 #딸이라고 #딸이래 #어떡해 #너무좋아

★ 아기에게 쓰는 첫 번째 편지 ★

코코야, 오늘은 너의 성별을 알게 된 날이야.

아들이든 딸이든 사랑스러울 너지만,

딸이라는 걸 알고 나니 더 소중하게 느껴져.

엄마는 너에게 알려주고 싶은 것이 참 많아.

휘청거릴지라도 쓰러지지 않는 유연함.

스스로 생각하고 결정할 수 있는 단단함.

무엇보다도,

자신을 마음껏 사랑하고

다른 이들도 진심으로 사랑할 줄 아는

올바른 자존감을 알려 주고 싶구나.

엄마 아빠도 서툴지만 너에게 알려 줄게. 그리고 노력할게.

유연하고 단단하고 따뜻한 엄마 아빠가 될 수 있도록 힘낼게.

건강하게 만나자, 우리 딸! ^^

첫 태동을 느끼다!

태동은 배 속에서 물방울이
뽀글거리는 느낌이란다.

?? ??

뽀글
뽀글?

그게
뭔 느낌이지?

전혀 감이 안 오다가
이거다!!싶은 느낌이 왔다.

오악-!!

소화 되는 거랑
다른
느낌!!

꿀렁~

···까악🦋

나도 나도!!!
나도 태동!!나도!!

···

여보가 느끼려면
한 달은 기다려야
할 거야···

코코야!
코코야-!!

으으~

너무해!

#아무리불러봐도 #대답없는너 #아빠울지마 #듣고는있을거야

예비 아빠의 고민

코코의 성별을 알기 전에
남편과 얘기를 많이 나눴었다.

아들은
~

딸은
~

도란

도란

막상 딸인 걸 알게 되고나서
남편은 그 기분을 즐기지 못했다.

흐읏…

끼야

딸~

기뻐하는 나를 지켜볼 뿐.

요즘 내 기분만 신경 쓰느라
남편의 감정에는 소홀했구나 싶었다.

이제야 실감나?

뭔가 구체적으로
상상 된다~

토닥
토닥

웅 흥흥

아들만 둘 있는 집에서 자란 남편은
조심스럽게 딸 아빠가 되어가고 있다.

세상이
험해…

나보다 여보를
좋아하겠지…

근데 얼마나
예쁠까?

난 이제
찬밥…흑!

#걱정많은아빠 #딸바보예약 #0순위는나야 #변하지말아줘

임신 18주

달달한 게 좋아

요즘 입맛이 돌아오면서
자주 배가 고프다.

먹고
먹고
또
먹고!

그리고 묘한 편식이 생겼다.

아침은 시리얼!
(아몬드 플레이크)

과일 좋아...!

고기 안 당겨!

으으 ...!!

다행히 인스턴트나 자극적인 건
아직 안 당기는데,

흥!

갑자기
살 찌면
안 좋다길래...

그래도
라면은
가끔 먹는다ㅋㅋ

달콤한 간식이랑 아이스크림은
참을 수가 없다.

코코가
먹고 싶나봐~

#내가먹는거아냐 #코코가먹고싶대 #와구와구 #쩝쩝

착색 현재 진행중

#하하하하하하하하 #이것봐라 #만세만세 #만만세 #피할수없으면즐겨라

조카가 태어났어요!

친언니가 작년 10월 임신을 했다.

야, 이거 두줄이면 임신이지?

?!

어!!! 첫조카!!

꺄!!

언니는 입덧도 없고 건강한 산모였는데, 어느 날, 싸-한 기분이 들었다고 한다.

음?

원래 태동 활발함

—!!!

오늘 왜 태동 없지?

찜찜해서 찾아간 병원에서 상황은 급하게 흘러갔다.

아기가 장에 문제가 있다네- 긴급으로 제왕절개 할듯?

으헝 헝헝

이날, 형부 오열ㅠ

그렇게 올해 7월 예정이던 조카가 갑작스럽게 5월에 태어났다.

태어나고 바로 수술-

지금은 인큐에서 기특하게 잘 자라는 중!

예상치 못한 상황에서 언니는 엄마였고,
형부는 그 날 하루만에 아빠가 되었다.

내가
빨리
회복해야해
!!!

내가
잘할게
!!!

걷는다!
아기 보러
간다!

조카가 얼른 아빠, 엄마랑
집에 가면 좋겠다.

작지만 강하고 기특한 나의 조카 '달콤'아!
넌 정말 소중하게 지켜진 아기란다.

예뻐어!

대견해!

이다음에 코코랑 같이 재밌게 놀자!

조카사랑♥

#조카야반가워 #이른둥이 #아기는강하다 #엄마아빠는더강하다

2살 터울인 언니는 딱 제가 부러워하던 임신 생활을 하고 있었어요.

입덧도 없고, 여기저기 잘 돌아다녀서 속으로 좀 부러워하고 있었어요.

'같은 임신부인데 왜 나만 이렇게 유난스럽고 힘든 거야.' 생각하면서요.

그러다가 갑자기 응급으로 제왕절개를 해야 한다는 연락을 받았지요.

제 심장도 벌렁거릴 정도였으니 당사자인 언니는 얼마나 더 혼란스러웠을까요.

조금 일찍 태어난 조카는 아주 작았지만, 아주 강했어요.

엄마 배 속에서도 잘 참아줬고, 수술도 잘 해주었고, 회복도 잘 해냈죠.

이날 형부는 엄청 울었어요. 후에 들어보니 태어나서 그렇게 운 것은 처음이라고 하는데

저도 임신 중이라서 형부가 어떤 마음이었는지 조금은 알 것 같더라고요.

빨개진 눈으로 병원 수속 밟아서 언니와 아기 입원시키고, 놀래서 찾아온

어른들도 모시고, 아픈 언니도 돌보고, 시간 맞춰 아기에게 면회도 가고…

얼마나 속이 타들어 가고 정신이 없었을까요?

임신부터 출산까지, 산모와 아기에게 별일 없이 순탄하게 이루어지는 경우는

정말 축복이라고 할 만했지요. 어휴, 세상에는 정말 쉬운 일이 하나도 없네요.

그냥 세상의 모든 아기들이 건강하게 엄마 아빠 품 안에서 행복했으면!!

아빠와의 첫 교감

#씩씩한태동 #펄떡펄떡 #아빠깜짝놀람 #잘했어코코

남편이 그렇게 간절하게 원하고 또 원하던 그것!
태동을 남편도 결국 느껴 보았습니다! 오예!! ㅎㅎ

사실 엄청 놀랐으면서도 타고난 침착한 성격으로
인체의 신비와 생명의 놀라움을 읊조리는 남편이 왜 이렇게 귀엽지요? 하하.
이게 남편에겐 아기와의 첫 교감? 접촉? 인 셈이네요.

제 생각에는 아빠가 하도 엄마 배에 손을 올리고 있으니까
그만하라고 코코가 발로 뻥~ 차준 것 같아요.

"임신부는 몸에 열이 많다고! 배에 손 올리면 뜨겁다고!"
제가 아무리 말해도 남편은 틈만 나면 배에 손을 올렸거든요.
본인도 태동을 느끼고 싶다면서요. 후...

나만 알던 그 기분!
임신한 사람만 느낄 수 있는 특권을
남편과도 함께 할 수 있다는 게 정말 신기해요.

코코 너 효녀구나... 잘했어! ^^

아직은 좀 그래

병원 정기검진날! 특별한 검사도
없는 날이라, 마음이 편했다.

컨디션 굿!!

코코야,
아빠,엄마
간다아-!!

한 달 사이에 코코는 많이 컸다.

입 벌리고
있네~
사진
찍어드릴
게요♡

우와…네…

으어어

보통
귀엽다고
하나요?

…오!?

처음엔 많이들 놀라시죠~
이제 점점 지방 붙고
더 통통해질 거예요~

음…더 많이…무럭무럭 크자.

ㅋㅋㅋ
ㅋㅋ

아직은
이 그림같아

아침 먹고 땡~♪
저녁 먹고 땡♬

#무럭무럭자라는 #해골바가지 #외계인인가 #발바닥은귀여워

호들갑 떨기

외출을 했다가 쇼윈도를 보고
깜짝 놀랐다.

그 동안 슬슬 배가 나온다고
생각은 했는데.

배꼽이
납작해졌네~

이러다
터지는 거 아니야?

!!BANG!!

객관적인 시선으로 보니
생각보다 더 불룩했다.

여보!! 나 임신부야!!

맞지 그럼~

우와!!

ㅋㅋㅋㅋㅋ

우와... 내려다보면
발이 안 보여~

진짜??

우오오오오

#앞으로볼록 #딸배 #배꼽이따가워 #누가봐도임신부

새 집에서 세 가족으로!

#첫이사 #비록대출만땅 #전세지만 #아기방생김 #룰루랄라

이사를 하고 나서 며칠을 누워서 쉬었어요.

포장이사였기 때문에 제가 한 일도 별로 없었고, 주소 이전 같은 일 처리도

남편이 다 해서 저는 정말 한 것이 없었는데

이제는 슬슬 숨만 쉬어도 힘이 드는 지경이 되었습니다. ㅠㅠ

그래도 이사는 힘들었지만 새집에 누워 있으니 어찌나 기분이 좋던지요!

엄밀하게 따지면 전세라서 완전한 우리 집은 아니지만, 그래도 좋았어요! ^^

사실…! 남편은 코코가 찾아오고 바로 병원에서 임신확인증을 받았어요.

그러고는 그동안 눈여겨보던 단지에 청약을 넣었는데 당첨됐거든요. ㅎㅎ

아직은 집터밖에 없지만 제 배가 점점 나올 동안

우리집도 조금씩 조금씩 지어지고 있다고 생각하면 너무 기대돼요. ^^

넓은 평수는 아니지만! 대출도 잔뜩 받았지만! 그래도 우리집이니까요!

사실 결혼 후에 청약을 6번 넣었었는데 매번 단칼에 떨어졌었거든요.

그런데 코코 임신확인증을 받자마자 당첨이 됐으니

이건 누가 봐도 코코 덕분이겠지요?

코코가 더 좋은 집에서 살고 싶었나 봐요. ㅎㅎ

아무래도 요 녀석, 정말 복덩이 맞는 것 같아요.

이 정도면 평생 할 효도는 이미 배 속에서 다 하고 나온 걸로! ^^

배불뚝이는 힘들어

배가 점점 불러오면서
불편한 상황들이 생겼다.

끄어어어...

벌써 이러면
어쩐담?

1. 허리 숙이기가 힘들다.

쓰익-3
쓰익-

아직 내가
할 수 있어!!

내가 해줄까?

발톱 깎는 중

2. 침대에서 편한 자세가 없다.

뒤척이다
잠들어도

화장실 때문에
2~3번 깬다.

3. 계단 내려가는 게 무섭다.

조심해!!!

이렇게까지
붙잡을 일이야?

아니...
저기...

#배가빵빵 #101가지불편한점 #내몸이 #내몸이아니야

그밖에 임신부가 할 수 없어 슬픈 일들 …!

으어…

⪫ 양말 신기 ⪪

손과 발은 점점 만날 수 없어져요,

바닥 말고 의자나 침대에 앉아서 신었어요.

⪫ 엎드려 눕기 ⪪

허리를 숙이면 배가 벌써

바닥에 닿아요, 최애 자세인데…

⪫ 쪼그려 앉기 ⪪

신발끈 묶기

불가능!

⪫ 화장실 뒤처리 ⪪

막샷 때
비데 필수!

이거 진짜
충격이 컸음 …..

슬슬 출산이 겁난다

누구든 처음 겪는 일은
설렘과 함께 겁도 날 것이다.

잘
모르고~

자신도
없고~

나는 겁을 엄청나게 내면서 준비를 하고,
'막상 해보니 별거 아니네!' 하는 애다.

위풍당당한 쫄보 ★

✻ 마음 편해지기 전엔
밥도 못 먹음. ✻

그래서 임신 전, 여러 케이스의
출산 후기 & 과정을 섭렵해뒀다.

지금은
안 보고,
안 들음!

남의 일이
아니라
진짜 진짜
무섭다.

제발... 출산도 막상 해보면
생각보단 할 만하기를! ㅠㅠ

힘 잘 줘서
내보내 줄게!!

코코, 너도
힘들테니까.

#출산무서워 #악몽도꿈 #어떻게든되겠지 #할수있다

060

아기를 낳아 보니 임신 중에 미리 겁을 먹을 필요가 없었어요.

물론, 생각보다 할 만해서 이렇게 말하는 건 절대 아닙니다, 절대!

출산은 내 몸에서 일어나는 일이지만, 내 의지로 이루어지는 일은 아니었어요.

산모와 아기, 그리고 하늘의 뜻이라는 3박자가 착착 맞아야

자연분만 순산이 이루어지는 굉장한 기적이었어요!

지금 생각해보니 마음의 준비를 하겠다면서 인터넷에서 온갖 출산 후기를 읽고

너무 겁나서 꿈까지 꾸었던 임신부 시절의 제가 참 귀엽네요. 하하.

저는 무서운 마음이 들면 이런 생각을 했어요!

'현대적인 도움을 받지 않고 자연주의 분만을 하는 사람들도 많은데

나는 의료시설 빵빵한 병원에서 출산하니까 겁내지 말자!'

미리 겁을 내 봐야 저나 배 속 아기에게 좋지도 않으니까요.

저처럼 출산이 두려운 분들 많겠지요?

출산 중에 생길 수 있는 여러 상황에 대처할 수 있도록 출산 과정을

알아 두는 것은 좋겠지만 지독하게 현실적인 출산 후기를 보면서 겁먹지 마세요.

그냥... 아기를 낳아 본 제가 할 수 있는 말은...

"때가 되니 어찌어찌 다 되더이다!"

걱정할 시간에 잘 자고, 잘 먹고, 푹 쉬세요, 제발! ^^

임신 22주

정밀 초음파 검사

#이것저것 #잔뜩검사 #두근두근 #괜히떨려 #무사통과 #만출가즈아

친정 Week!

일주일 동안 친정에서 지냈다.

앞으로 이런 날이 없을 것 같아서!!

남편이 말 꺼내자마자 오케이 함!

부모님과 맛있는 것도 먹고, 나들이도 하면서 좋은 시간을 보냈다.

디룩

그..그만..!

더 먹어!

이거 먹어.

디룩

+1kg

+2kg

이거 사가자! 저것도!

얘도 사자!

엄마~!! 징쳐... 나 이러다 아기 안을 힘도 없어져~

네 딸은 네가 알아서 해~!!

내 딸은 내가 지켜!

내 배 속에 아기가 있는데도, 부모님께 나는 아직 어린 딸이었다.

음... 마음이...

싸르르~ 하다...

그게 너무 감사해서 좀 슬펐다.

#엄마한텐아직아기 #엄마고마워 #근데나너무배불러 #그만먹여

귀여운 막차 요정들

#안돼안돼 #유부남은 #외박안돼 #끼리끼리 #착한남편들

제가 임신을 하고 나서 남편은 저녁 약속을 줄였고, 제 배가 조금씩 나오기 시작하자
집에서도 맥주 한 캔을 잘 먹지 않았어요. 저는 원래도 술을 좋아하지 않아서
남편이 술을 먹어도 부럽거나, 얄밉거나 하지 않았거든요.
"왜 요즘 맥주도 안 먹어?"라고 물었더니 아주 사랑스러운 답변이 돌아왔습니다.

"자기가 입덧 때문에 냄새도 힘들어하는데 술 냄새 풍기기 미안하잖아.
그리고 혹시라도 새벽에 병원에 가야 할 응급 상황이 생겼는데 내가 술을 마셔서
운전을 하지 못하면 어떻게 해. 엄청 자책하게 될 것 같아서 못 먹겠어. 싫어."

남편이 이 정도의 노력을 보여주면 임신 기간 동안 서운할 일이 없습니다. 전혀요!
설령 서운할 일이 생겨도 마음에 남지 않아요.
세상에 어쩜 이렇게 착한 남편이 또 있을까 했는데, 남편 친구들이 다 그런 사람이네요.

제가 친정에 가 있는 사이에 잡힌 약속이라서 밤새 놀 줄 알았는데,
막차가 끊기기 전에 다들 뿔뿔거리면서 집으로 돌아갔어요.
글쎄 한 친구는 아내가 먹고 싶어 했다면서 빙수를 사서
녹을까 봐 허겁지겁 돌아갔다는데, 아, 정말 훈훈하네요!
역시 끼리끼리 모인다는 게 정말일까요? 호호.

아빠의 태교 동화

#태교동화 #듣기좋은 #아빠목소리 #내가더재밌음 #흥미진진

태아에게는 엄마의 목소리보다 아빠의 목소리가 더 잘 들린다고 합니다.

아빠의 목소리는 중저음이어서 양수를 타고 아기에게 더 잘 전달되는 거라고 하네요.

물론 엄마의 목소리도 아기는 듣겠지만,

남편이 직접 말을 건네는 것은 큰 의미가 있다고 생각해요.

간접적이겠지만 어쨌든 임신 과정에 참여하면서 아기를 실감하고,

출산을 기다리는 데에 도움이 되기도 하니까요.

무엇보다 남편이 태교에 신경을 써 주면 엄마의 마음도 안정감을 느끼지요.

그런데 사실 볼록한 배에다가 말을 건다는 게 쉽지는 않아요!

얼굴을 볼 수 있는 것도 아니니까요. ^^

저도 제 배를 어루만지면서 "코코야~" 하고 말을 거는 데에 익숙해질 때까지는

시간이 좀 필요했어요. 그럴 때 좋은 것이 바로 태교 동화 읽어 주기였습니다!

서점에 가 보면 태교 동화 코너가 따로 있을 정도로 많이 나와 있지요.

저도 그 중에서 마음에 드는 것을 한 권 골라서 읽어 줬는데,

사실 책의 내용은 중요한 것 같지 않아요.

그저 너무 크지 않은 목소리로 나긋나긋하게 읽어 주면

배 속에 있는 아기가 반응하는 것이 느껴집니다.

아... 동화책만 읽어 주면 신이 났는지 태동이 활발했었는데 정말 신기했어요!

더 많이 읽어 줄 걸 그랬네요...라고 후회가 되는 밤입니다.

임신 23주

울긋불긋 핏줄

샤워할 때 거울을 봤는데 가슴~쇄골 쪽에 핏줄이 엄청났다.

뭐야? 왜이래! 무섭...

! ?

언제 이렇게 된겨!!!

왜 이런지 궁금하면 바로 찾아보기!

유선이 발달하고 있는 거예요!

아하!

괜히 커지는 게 아니었군!

×유선=젖샘

나는 엄마랑 체질이 완전 비슷해서 엄마처럼 모유가 안 나올 거라고 생각했는데

언니! 착유어신!

얍 얍!

그건 모르는 거다...

그런가..

착착! 준비가 되고 있긴 한가 보다.

코코야!

타핫핫!!

배빨리 먹여 주마!!

#가슴도커짐 #젖소느낌 #이래놓고 #안나오면 #배신이다

귀여운 임신부

오래간만에 친구들을 만나러 가는 날이라
예쁜 옷을 입고 싶었다.

옷이 뭐가
있더라!!

매일 똑같은 옷만 돌려입다가
옷장을 열었는데,

안녕!
예쁜 옷들아!

안 맞고, 안 맞고, 안 맞는다.

질끈

팽ㅡ!!   팽ㅡ!!

치마
앞·뒤
길이가 다름

배에 단추
벌어짐

결국 펑퍼짐한 옷에 슬리퍼 신었다.

나는 귀여운
임신부야···

토닥

토닥

토닥

귀여워.
괜찮아.

#와이옷예쁘다 #응안맞아 #이옷입을까 #응안맞네

069

출산선물을 고르라고?

#출산선물 #뭘그런걸다 #그냥 #편지한통써줘 #의미심장

박로토st 임신부 패션

펑퍼짐한
원피스가 👆

무조건
편한게 최고!

와·····
브라 너무
답답해!

반지 미리
빼두기!!
나중엔
안 맞음ㅠㅠ

허리고무줄
바지 or
레깅스!
(빤쭈도!!)

배꼽
툭튀!

점점 발이 부어서
슬리퍼만
주구장창 신음

요즘은 예쁜 임부복도 많아요!
그렇지만 새로 사긴 아까워서 몇 벌 돌려입기···

레깅스는 산후에도 매일 입었어서 구매 추천!!

작은 사람을 위한 쇼핑

차근차근 아기 물품을 준비 하고 있다.

히히힛

다 쓰자
다 써~

탈
탈
탈
탈

근데 뭐가 정말 유용할지는

미리 알 수가 없다.

> Dontcrying 침대에 눕히면
> 울어서 못 쓰고 있어요ㅠㅠ…

> Wettissue 박스로 사둔 물티슈가
> 아기 피부에 안 맞아요 …
> ↳ PooPoo 저는 기저귀 발진ㅠㅠ

그래서 딱! 기본적인 것만 사려고 했는데

자꾸 이것저것 더 사고 싶다.

손톱깎이

초정책

세제

손수건

손싸개 2~3개

작은 사람을 위한 쇼핑

… 재밌다.

인형놀이
좋아함♥

아기자기한
것에
환장함♥

양말
크기 좀 봐…

미쵸따리…!

#출산준비 #통장텅장 #아기물건쇼핑 #작고소중해

조금 이른 것 같지만, 아기에게 필요한 물건들을 슬슬 준비하려고
인터넷을 찾아봤다가 깜짝 놀랐어요!
이렇게 작은 아기에게 필요한 물건이 이렇게나 많다니요!!
인터넷 카페에 보면 엄마들이 엑셀 파일로 쫙~ 정리해서 서로 공유하고 그러는데,
정말 대단하다는 말밖에는 할 말이 없더라고요.
저는 그렇게 체계적으로 정리하는 것은 자신이 없거든요. ㅠㅠ

어쨌든, 그 목록을 참고해서 '이건 정말 꼭 필요할 것 같아!'라는
생각이 드는 물건들을 우선해서 사기로 했어요.
나머지는 출산 후에 차근차근 구매하는 것으로 하기로요.
출산 후에 돌아보니 그러길 잘했던 것 같아요.
나중에 선물로 들어오는 물건들도 많아서 제가 샀던 물건과
겹치는 경우도 생기더라고요.

아기를 기다리면서 아기 물건을 하나하나 사두는 것도 좋겠지만,
저처럼 아기가 태어나고 준비하는 것도 괜찮아요.
요즘은 배송이 정말 빠르기도 하고요, 아무리 비싸고 좋다고
소문난 물건이라고 해도 태어난 아기가 써주지 않으면 소용이 없잖아요.
천천히~ 아기 성향을 보면서 아기에게 맞는 제품을 고르는 것도 좋아요.
마음 편하게 가지세요! 절대 늦지 않습니다! ^^

출산 후에 산후조리원에 갈 계획이 있는 산모들은 더더욱 물건들을
잔뜩 사 놓을 필요가 절대 없어요. 젖병도 분유도 기저귀도 전부 다 제공되니까요.
물론 엄마가 따로 구매한 물건을 사용하는 것도 가능하기는 해요!
저는 아기가 태어나기 전에 이 정도의 물건만 샀었는데 전혀 문제가 없었습니다.

❋① 아기 실내복 몇 벌

신생아 시기에는 예방접종 이외에는 집에만 있기 때문에
딱히 외출복이 필요 없어요. 계절에 맞는 실내복 서너 벌만 있어도
충분하더라고요. 그리고 아기들은 어른보다 열이 많아요.
아기들은 속싸개를 하고 있어야 하니 겨울에 태어날 아기여도
너무 두툼한 실내복보다는 적당한 두께의 면 옷이 좋아요.
배냇저고리는 입히는 기간이 너무 짧아서 기념으로 한 벌만 샀어요.
한 벌만으로도 전혀 문제없었답니다!

❋② 아기 손수건 30장과 천기저귀 8장

손수건은 많으면 많을수록 좋다고 하더라고요.
그리고 천기저귀는 속싸개, 담요, 베개, 목욕 수건 등으로
요긴하게 사용이 가능해요!

3 아기 빨래를 해 둘 아기 세제

아기들은 전용 세제를 이용해서 세탁하라고들 하잖아요.

아기 세탁기를 따로 사는 분들도 계신데 저는 그렇게까지는

하지 않았고, 세제는 따로 사서 아기 용품들을 빨 때에 사용했어요.

아기 냄새가 나는 것 같아서 행복했네요. ㅎ ㅎ

4 엄마를 기쁘게 해줄 작은 물건들

양말, 모자, 장난감 몇 개정도 샀어요.

볼 때마다 행복한 기운이 뿜뿜 솟더라고요. ㅎ ㅎ

간단하지요? 처음에는 아기 용품의 이름만 보고는 어떤 건지 감도 잘 안 오니까

나들이 삼아서 아기용품매장이나 베이비페어를 가 보시는 것도 추천합니다.

꼭 물건을 사지는 않아도 직접 눈으로 보면서 구경하면 재밌기도 하고

부모가 되는 마음의 준비도 되더라고요!^^

임신성 당뇨 검사.

임신성 당뇨 검사를 하려면
악명 높은 이 약을 마셔야 한다.

드디어
만났구나…

너란
녀석…

Glucose 50g
TOLERANCE DRINK
토당으로실액제

맛없음

약은 생각보다 먹을 만했다.
(먹고나서 한참을 울렁거렸지만…)

1. 시원하게!

2. 빨대 꽂고!!

3. 코 막고 원샷!!

쪼로로록로로룰로로록

피를 뽑고 결과가 바로 나오는 게
아니라서 집에 와서 잤다.

메슥거려…

졸려…

그리고 나는 … 임당이 아니었다!!

젤리…
오레오 빙수 …!!

통과

수박 …
복숭아!!

#미지근한환타맛 #다른약도있다는데 #걔도맛없겠지 #어쨌든통과

임신 26주

증식하는 흰머리

남편이 내 머리카락을 말려주다가 흰머리를 발견했다.

뽑아 줄까?

앗!!!

응!

그런데 뽑다 보니까 되게 많았다.

1가닥에 100원이요~

이언니 요즘 물가 오르네~

양아치 ...?!

좀 많이 ... 많았다.

지금 한 눈에 7개 보여 ...

그만 뽑자 ... 대머리 되겠어...

이것도 임신해서 그런 건가? 그냥 노화인가?

희~♪ 희~♪

일단 소고기 먹으러 가자!

반짝

반짝 흰머리~

#반짝반짝흰머리 #뽑지말고자르세요 #한가닥에100원 #물가비싸네

077

서운해 병

여보, 혹시 갖고 싶은 것 있어?

뭔 날이야? 기념일?

?

하지만 그런 남편에게도 서운할 때가 있다

나도 엄마 처음이잖아! 나한테 묻지 말고 좀 찾아봐~!!!!

잘해 주고 있는 남편에게 뾰족한 말을 뱉고 나면 속은 후련해도 마음이 안 좋다.

괜히 예민했어…

그래도 항상 노력해줘서 진짜 고마워, 내 편.

오늘 맘카페 정독했어!

힝구… 귀여운 것…

정보력

레벨업

#공부해라아빠 #나도몰라 #노력하면예뻐 #서운해병완치

무던한 임신부라고 해도 한 번은 꼭 걸린다는 서운해 병에 저도 걸렸어요!

아무리 다정한 남편이 곁에서 함께 애써준다고 해도 한계가 있을 수밖에 없고

임신한 아내는 예민함이 솟구치는 시기가 있는 것이지요.

저는 빵빵한 배처럼, 불안함도 누가 바늘로 '콕' 찌르면 '빵' 터질 것 같이 커졌는데

그 바늘은 남편이 쥐고 있었지요. 저는 별일도 아닌 것에 열을 내기도 했고,

괜히 뒤숭숭한 마음에 남편과 떨어져 있고 싶은 날도 있었어요.

그런 예민한 시기에 남편이 잘해 준다면 아내는 정말 고마운 마음이 들어요.

평생 예쁨 받을 수 있는 기회가 이때 달려 있는 거랍니다! ㅎㅎ

저희 아빠가 아직까지도 그렇게 억울해하시는 일이 있어요.

엄마가 임신 중에 복숭아가 너무 먹고 싶다고 해서 아빠가 집을 나섰어요.

그런데 한겨울에, 그것도 깜깜한 밤에 복숭아를 구할 방법이 없던 아빠는

결국 슈퍼에서 복숭아 통조림을 사 오셨는데 엄마는 그게 참 속상하셨다고 합니다.

아빠가 "그것도 복숭아잖아!"라고 한마디 하셨는데,

그 한마디가 너무 서운하셨다는 이야기를 엄마가 아직도 하세요.

예전에는 '그럼 아빠가 뭘 어떻게 했어야 하는 거야?'라고 생각했었는데

그런데, 음… 제가 임신을 해 보니 이제야 엄마 마음을 알 것 같습니다. 하하.

출산 호흡법

출산 시 도움이 된다는
호흡법이 너무 많다.

??
완전
호흡
하·히·후
후·웅
흉식호흡
복식
호흡
하·하·하

아기를 낳은 친구에게 물어보니,
도리어 나에게 이상한 질문을 했다.

너 변비 있냐?

놉!

아.그럼
좀 …

더 들어보니까 쏙쏙 이해됐다.

다 필요없고, 크게 숨 들이마셨다가
쌀 때처럼 아래로 힘 줘.

끙!!

!! !!

그날 이후로, 화장실에서
무심결에 연습 중 …

쓰읍— —흡!!!

#어려운호흡법 #연습 #너무힘주면큰일남 #그냥살짝 #느낌아니까

080

편식쟁이 엄마

나는 편식을 안 하는 편이다.

옴뇸뇸
뇸뇸

곱창
굴
매운맛
가지
선지

호불호는 있지만
눈 앞에 있음 다 먹음.

그렇지만, 유일하게 뼛속 깊이
싫어하는 음식이 있다.

당근!!

후... 당근 냄새도, 색도,
만지는 것도 싫다.

묘하게 달콤하고
생생한 주황색 ...

내가
무 ...

그래도, 코코가 태어나면
먹여야겠지 ...

몸에도
좋고 ...

급식에도
자주
나오니까
... ...

#당근싫어 #당근넣은카레도싫어 #친해지자당근아 #아기는먹여야지

시간 참 빠르다

임신 초기가 입덧 버티기였다면

내일은 더
괜찮아지겠지…

에고…

임신 중기는 변해가는

몸과 마음에 적응하는 시기였다.

컨디션도 좋아지고, 여유도 생기고!!

점점 불러오는 배,

오~

배가
딱딱해
!!!!

쿡 쿡

하루가 다르게 강해지는 태동,

귀여워…!!

콩 콩 콩

난생처음 찍은 체중계 속 숫자.

···

당연한 건데

쪼끔 놀랬다.

이런 과정들 속에서 이제 좀 부모가 될 마음의 준비가 되었다.

두근 두근

부모영역

미지의 영역이다 ─···!!

이제 정말 코코를 만날 날이 다가오고 있다.

파이팅!!

순산 가자!!

곧 만나요 ♥

#할만했던 #임신중기 #인생최고몸무게 #배가더나온다고?

입체 초음파 검사

입체 초음파로 코코를 만나는 날!

얼굴 처음 본다!!!!

☆ ←

초코빵 →   ← 초코우유

※ 단 걸 먹으면 아기가 많이 움직인다고 한다.

당연히 볼 수 있을 줄 알았는데 코코가 단호했다.

아니, 안 보여 줄 거야.

납 —   — 작

10분 동안 열심히 걷고 다시 봐도 코코가 단호했다.

조금 흔들어 봐도

아니, 안 움직일 거야.

꿈쩍 안 함 ㅠ

얼굴 대신 손, 발 그리고 귀를 봤는데 후⋯ 귀여워⋯⋯.

으씨⋯ 귀여우니 됐다!

아쉽기는 하다~

#부끄럼쟁이 #단호박코코 #손발귀로만족 #태어나서만나자

산부인과 검진을 가는 이유가
아기 초음파를 보려고 가는 사람도 있다고 해요.
그런데 일반 초음파로 보는 아기는 솔직히 별로 귀엽지는 않아요. ㅎㅎ
그냥 엑스레이처럼 뼈가 보이기 때문에 이목구비를 볼 수는 없거든요.

그래서 저는 입체 초음파를 보는 날을 손꼽아 기다렸었는데,
결과는 실패!
아쉽지만 아기의 자세에 따라서 볼 수 없는 경우도 많다고 해요.
그래도 손가락 발가락을 자세히 볼 수 있었으니 그걸로 만족했습니다.

입술갈림증이나 손가락, 발가락 기형 같은 것을 더 자세히 볼 수는 있지만
입체 초음파가 아기에게 스트레스라는 말도 있고,
딱히 필수는 아니라고 생각했기 때문에 무리해서 시도를 하지는 않았어요.

"코코야, 네가 편한 자세로 마음껏 놀고 있어!
우리 태어나서 만나자!"

과식 참기 불가능

배 속에서 코코가 자랄수록
내 장기들은 찌그러지고 있다.

에고고-

소화
불량

소름
쓰림

트림

방귀

뿡뿡

그래도 맛있는 음식을 먹을 땐
행복하다.

입덧이
끝나고 되찾은
행복~

소화가 안 될 땐 한 번에 많이
먹지 않고, 조금씩 자주 먹는 게 좋다.

과자 대신
과일

간식은 견과류

밀가루 자제

밥양 조절

좋은 음식으로 야금야금!

한 번에 과식하지 말라고!!!

뜨끔!!

#식욕폭발 #오늘저녁도과식 #장기야힘내 #먹고걷기 #꿀꿀

086

폭신폭신 베개 부자

임신 전 잘 때
필요한 베개는 2개였다.

① 베고 자는 거
② 안고 자는 거

배가 나오기 시작할 즈음
폭신한 베개 하나를 추가해서 3개.

← ① 원래 개
② 등을 받치니까 편함
new
← ③ 안고 자는 폭신이

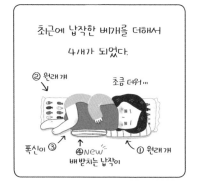

최근에 납작한 베개를 더해서
4개가 되었다.

② 원래 개
조금 더워···
폭신이 ③
④new
배 받치는 납작이
← ① 원래 개

문제는 그래도 썩 편하지는 않다는 거?

이제 숙면은 글렀구나 ···

발저림, 태동, 화장실 쓰리콤보♡

#편한자세가없어 #불면의밤 #남편자리사라짐 #이제쫓겨날판

하루하루 소중히

배가 터질 것 처럼 팽팽하다.

하루하루 크고 있구나~

이제 괜히 배를 받치고 있게 된다.

그러면서 간혹 숨이 턱턱 막힌다.

후우~

하아~

태동도 슬슬 아플 정도로 강하다.
솔직히 이런 몸 상태가 힘들 때도 있다.

흐에에 –
엉덩이 뼈까지
덜컹거린다~

찌릿   찌릿

근데 또 2~3달밖에
남지 않았다는 건 아쉽다.

만날 날이
기다려
지지만

이 시간도
소중해!

#남산만한배 #힘들지만 #행복함 #지금이순간 #즐기자

임신 10달은 참 길어요.

그런데 아기가 태어나면 평생 하게 되는 육아에 비하면 참 짧기도 하지요.

처음에는 입덧이 너무 힘들어서 '사람도 다른 동물들처럼

짧게 품고 낳으면 어떨까?'라는 이상한 생각까지 했는데

지금은 너무 짧은 임신 기간이 오히려 아쉽기도 하네요. ㅎㅎ

하지만 그 고통스러웠던 입덧을 다시 겪기는 싫어요. ㅠㅠ

차라리 쌍둥이였으면 좋았겠다라는 생각까지 하는 저를 발견하네요.

쌍둥이 육아가 얼마나 힘든지도 모르고 말이지요! 하하.

만약에 둘째를 갖게 된다면 지금처럼 임신 기간을 즐길 수 없겠지요.

남편과 둘이서 아기를 기다리는 이 소중한 시간,

힘들다고 축 처져 있지만 말고 후회 없이 즐겨보아요! ^^

밤 산책

저녁을 먹고 나면
자기 전까지 속이 불편하다.

꺼억

뿌웅-

그래서 남편과 밤 산책을 한다.

아기한테 산소도 많이 간대!

가자
가자!

배가 불러 뒤뚱뒤뚱 걷지만
남편과 단 둘이 보내는 좋은 시간이다.

이제
진짜로
얼마 안
남았다!

시간 빠르네~

육아하면서
우리 싸우겠지 …?

아냐, 우리
잘 할 수 있어.

그렇겠지~

응, 지금처럼!

앞으로도 이렇게 함께 걷자.

#소화불량 #꺽꺽이와뿡뿡이 #산책최고 #매일밤산책 #함께걸어요

우와~! 벌써 임신 중기를 마치다니 시간이 정말 빠르네요!

확실히 임신 초기보다 몸도 마음도 편했어요.

물론 임신 전만큼의 컨디션은 아니었지만 남편과 같은 식탁에서

식사를 할 수 있는 것만으로도 감사했답니다.

다들 이 시기에 실컷 돌아다니라고 해서 저도 열심히 돌아다녔습니다. 하하.

남편과 산책도 많이 했는데 앞으로 이런 날들이 쉽지 않아진다니까 아쉽네요. ㅠㅠ

아! 보통 이 시기에 태교 여행을 많이들 간다는데

저는 왠지 놀러 가도 마음이 편할 것 같지 않았어요.

그래서 여행 대신 서울 근교에 있는 호텔에서 남편과 함께 호캉스를 즐겼습니다.

정말 만족스러웠어요! ^^

비행기를 타고 멀리 놀러 나가는 것도 좋지만 결국 목적은

아기가 태어나기 전에 남편과 함께 여유로운 시간을 즐기는 것이니까요!

뒤뚱뒤뚱 이제는 걷기만 해도 숨이 차는데, 앞으로 배는 더 나온다고 합니다.

여태껏 잘해 왔던 것만큼 더 빵빵해지는 배도 잘 감수할 수 있겠지요.

사람에 따라서는 임신 초기보다도 힘들다는 임신 후기!

누울 수가 없어서 앉아서 자는 사람도 있다는데,

과연 저는 어떨지 걱정이 되는 만큼 설레기도 합니다.

멋진 응가쟁이

남편은 소화기관이 좀 약하다.

양배추즙 →

쪼륵-!!

며칠전 산책 중에 급 신호가 와서
남편 안색이 창백해졌다.

괜찮아? 내역할을
말해 줘!!

계속 말 걸어 줘...

말 걸어? 조용히 해?

웃기지는
말고...
크흡...

ㅋㅋㅋ
ㅎㅋ
ㅋㅋㅎ

ㅋ
ㅋㅎ

나는 숨차서 못 뛰어!
여보 먼저 가!!
달려달려!!

아니야~
계속 걷자~
제발 멈추지만 마...

ㅋㅋㅋ
ㅋㅋ
아. 왜
안가!!

알고 보니까, 임신한 나를 생각해준 거였다.

여기 계단 까지
같이 오는 게 내 임무라고
생각했어...!

멋진
응가쟁이!!

계단은
위험해...

#산책중급신호 #삐뽀삐뽀 #응급상황 #임신부배려 #스윗한똥쟁이

사랑해보다 따뜻한 말

#남의편아니고 #내편 #매일고마워 #고마워서고마워

멜론에서 수박으로!

임신 8개월의 아기는 멜론 정도의 크기이다.

지금 코코 크기야.

여보 진짜 힘들겠다~

으아…

배 속에서 발로 차고 꼬물거리는 멜론을 상상하면 좀 귀엽다.

조금 더 지나면 아기가 수박만큼 커진다.

…크다.

와…

우와…

내가 수박을 낳아야 해!!!

먹는 수박은 맛있지만…!

이만한 걸! 떨려…!!

#같은멜론인데 #워터멜론은너무커 #다먹어버리겠드아!

아기의 성장을 과일로 비교하면 무진장 귀엽습니다.

남편과 마트에 가서 "아~ 코코가 지금 이만하겠구나!"

이야기를 나누기도 좋지요.

"네가 지금 복숭아만 해서 엄마가 복숭아가 먹고 싶은가 봐~"라며

배 속의 코코에게 말도 걸곤 했어요.

그런데… 포도, 자두, 사과, 멜론, 수박…

점점 과일이 커지면서 좀 무섭더라고요.

출산의 순간은 도저히 표현이 안 되지만 콧구멍으로

수박을 낳는 기분이라는 말을 들은 적이 있거든요.

흠… 제 콧구멍이 제법 크긴 하지만 무슨 짓을 해도

수박을 낳을 수는 없을 것 같은데요…?

정말 그게 된다고요…? Really??????

셀프 만삭 사진

남편이 퇴근길에 꽃을 주워온 김에
셀프 만삭(?) 사진을 찍었다.

오다 주웠어!!!

엄머?

히히

스튜디오 촬영은 안하기로 했었지만
기념사진은 남기고 싶었다.

도저언!

우리끼리 찍어보자!!!

어색하고 삐걱거렸지만

재미있었다.

끼릭

끼릭

처음 찍은 가족사진, 마음에 든다.

배 더 나오면
또
찍어야지!

이만큼?

#만삭사진 #찍길잘했어 #우리세가족 #첫사진찰칵

스튜디오에 가서 화려한 드레스를 입고 만삭 사진을 찍으면 정말 멋있지요.

그런데 남편과 저는 사진 찍히는 것이 익숙하지가 않아서

결혼사진을 찍을 때도 굉장히 힘들었어요.

그래도 첫아기를 임신한 사진이 아예 없다면 나중에 아쉬울 것 같았지요.

그래서 작은 꽃다발을 들고 거실 커튼을 배경 삼아 사진을 찍었어요.

물론 아기 신발과 배냇저고리 같은 소품들도 잊지 않고 챙겼지요.

사진을 찍으면서 물론 어색하기도 했지만, 다른 의미로도 기분이 이상했어요.

그동안은 남편과 사진을 찍어도 별다른 생각은 들지 않았어요.

그냥 남편이랑 둘이 찍은 수많은 사진 중 하나일 뿐이었으니까요.

그런데 이번에는 가족사진을 찍는 기분이더라고요.

'아~ 우리가 아빠 엄마가 되기는 하는구나. 이제 다음번 가족사진에는

코코도 함께 웃고 있겠구나!' 싶은 마음에 문과 감성 엄마는

또 마음속이 울렁울렁 했답니다. 하하.

나중에 아기가 태어나서 같은 옷을 입고

같은 장소에서 사진을 찍으면 어떨까요?

벌써부터 가슴이 두근두근해지네요!^^

딸꾹! 딸꾹!

#30주전후로알수있는 #딸꾹질 #길어지면 #조금거슬… #아니야귀여워

태동 놀이

이제 코코는 배 속이 좁은지
종종 꾸욱-하고 배를 민다.

그럼
그 부분이

볼록!
튀어나온다.

튀어나온 부분을 살살 문질러주면
슬그머니 들어간다.

엄마
아파~

으익-
알았오..

귀여워···

세상에
마상에···

이것은
교감··♥

진짜 귀여워···

벌렁

벌렁

#벌렁벌렁 #첫교감 #콧구멍근육 #무장해제

099

막달 검사

막달 검사는 뭔가 무진장 대단한 검사일 것 같았다.

내진하나!!

분만일 잡나!!

근데 별거 없어서 짜게 식음.

채혈

소변 검사

심전도

흉부 촬영

배를 가리고 찍는다.

＊병원마다 조금씩 달라요!

단지 겁 많은 나는 아직도 채혈할 때 쭈글쭈글 긴장한다.

다섯병을 뽑는구나!!

손생님덜 프로셔서 아프진 않음.

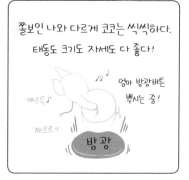

쫄보인 나와 다르게 코코는 씩씩하다. 태동도 크기도 자세도 다 좋다!

까르륵♪

엄마 방광버튼 뿌시는 중!

까르르!!

방광

#방광도누르고 #갈비뼈도굵고 #그래 #재밌게놀아 #엄마는괜찮아ㅠㅠ

100

임신을 하고 나서 검진을 받으러 갈 때마다 피를 자주 뽑아요.

이렇게 피를 뽑으려고 철분제를 챙겨 먹으라고 하셨나 싶을 정도로 자주 뽑는데,

저는 주삿바늘을 엄청 무서워하는 쫄보입니다. ㅠㅠ

이제 곧 아기를 낳을 사람이 그깟 얇은 바늘이 무섭냐고 웃어도 어쩔 수 없습니다.

매번 주사를 맞을 때마다 고개를 돌린 채로 바늘을 안 쳐다보는데 그럴 때면

옆에서 대기 중인 예비 엄마들의 표정이 보여요.

아... 표정만 봐도 알 수 있지요.

아기가 건강한지 아니면 무언가 안 좋은 소식을 들으셨는지 말입니다.

근심에 가득 차 있지만 그래도 애써 침착하려고 애쓰시는 표정을 보면

고작 주삿바늘이 무서워서 이러고 있는 제 모습이 좀 부끄러워요.

별문제가 아니시길 마음으로나마 간절히 응원을 하게 됩니다.

아직 아기를 낳지 않은 예비 엄마지만 그래도

엄마들의 마음은 다 똑같을 것 같아요

아기가 건강하기만 하다면 엄마는 무서울 것이 없지요.

축축한 배

요즘은 잇몸이 튼튼해져서
신나게 양치질을 한다.

임신중기까진
피가 자주 났다.

개운하게 양치를 끝냈는데
음?배가 축축하다.

아...이제 물 뱉을 때
허리를 더 숙여야 하는구나.

아고
아고...

불편한데?

물을 뿜어서 뱉어야 하나.

뿌우우

#임신부는 #배가손이래 #밥통도누르고 #서랍도닫지요

주입식 엄마 교육

#조언은감사 #오지랖은사양 #이세상모든엄마들힘내요

임신 35주

예비 아빠의 초조함

#조잘조잘 #왔다갔다 #예비아빠 #정신사나워 #좀앉아봐

조카를 처음 만났어요!

지난 5월 예정일보다 2달 먼저
이른둥이로 태어났던 조카!

안녕
하세요..

조카에요...

저번주에 드디어!! 18주만에
건강하게 퇴원했답니다!!

집에 가자!

병원은 면회 금지여서
이제야 처음으로 볼 수 있었어요!

이모가 간다!

이모부도 간다!

조카는 사랑입니다...♥

열심히
움직인다!!

착 버둥 착

햇

신기한
생명체...

버둥

#건강하게자라자 #조카야이모다 #볼수록귀여워 #버둥버둥

105

릴랙신 호르몬은 열일 중

임신기간 동안 아플 거라고
생각했던 허리가 안 아프다.

오올~

내 척추
기특해?

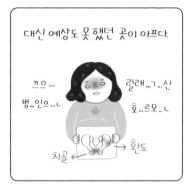

대신 예상도 못 했던 곳이 아프다.

끄으... 으흐흐흐
범...인...으...ㄴ

릴래...ㄱ...신
호...르모...ㄴ

치골

환도

여태껏 겪어보지 못한 느낌이라
뭐라고 표현도 못 하겠다.

찌리릭⚡

악!!!

저릿
저릿

이렇게 되기 전에
잔뜩 돌아다니길 잘했다.

느~ ~릿

#애증의릴랙신 #고마운데힘들어 #골반 #엉덩이뼈 #찌릿찌릿

어느 날 침대에 누워있다가 일어서는데
골반과 엉덩이 사이에서 찌릿한 통증이 느껴졌어요.

걷기도 힘들고 앉기도 힘들고, 이게 무슨 일인가 싶어서 찾아봤더니
릴랙신relaxin 호르몬이 출산을 위해서 관절을 느슨하게 해주고 있는 거래요.
그러다 보니 손목, 무릎, 발목은 물론 저처럼 골반 쪽의 통증을 느끼는 분들도 많더라고요.
이래서 다들 배가 너무 부르기 전에 많이 돌아다니라고 하나 봅니다.

만삭의 배가 되니 배가 나와서 힘든 것 이외에도 여기저기 불편한 일들이 생기네요.
그런데 이 불편한 점들은 결국 제 몸이 출산을 준비하는 과정이더라고요.
제가 신경 쓰지 않아도 제 몸은 알아서 준비를 하고 있다니 너무 신기해요!
이제 아기 빨래도 다 했고, 출산 가방도 다 싸 놔서 제가 할 일은 없는 것 같아요.

편안한 마음으로 아기를 만나는 날을 기다리고 있어야겠어요.

내 다리 내놔!

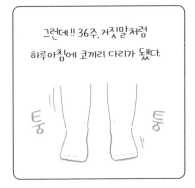

#뚠뚠 #코끼리다리 #발등까지부음 #낮용압박스타킹 #효과좋음

임신후기의 좋은 점

임신 후기가 되면
아기가 점점 아래로 내려간다.

오!!

배가 무거워서 힘들지만
좋은 점도 있다.

이 부분이   여유로워진다.
약간

가슴이 답답하고 음식을 먹기 힘든 게
괜찮아진다!!!

야호!!
숨도
덜 차고

계속
먹어도
들어간다!

이래서 만삭 때 살이 훅훅 찌나 보다.

꾸울…

아기보다
내가 더
찌는 듯…

#굳이찾아본 #그나마좋은점 #그래도 #임신전컨디션은무리

109

준비가 됐는데 안 됐어

세상이 흉흉해…
어릴 때부터 운동은
시켜야겠지?

좋지!

건강에도
좋고~

첫 내진을 받으러 병원에 다녀왔다.

내진은
아프기보단
심적 충격…

스생님 손이…
손이…!!

나도 아기도 건강해서
자연 진통을 기다리기로 했다.

정말
다행인데

왜 손에
땀이 나지…

아아… 마음의 준비는
영영 안 될 거야…

순산
가즈아!!

꺼어

무섭다…
정말…

#충격적내진 #겁도많으면서 #순산자신감 #무섭긴하다

임신 준비 ~ 출산까지
잘 사용한 임신앱!

280days

남편과 공유가 가능한 임신기록앱!
주수별 어드바이스가 도움이 됐어요.
국내앱이 아닌 게 아쉬웠는데
최근에는 비슷한 국내앱들이 생겼더라고요!

모아베베

병원에서 검사한 초음파 영상을 볼 수 있어요.
병원마다 사용하는 앱이 달라요!

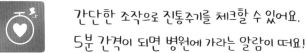

check!
check!!

핑크다이어리

대한산부인과의사회 공식앱!
생리예정일, 배란예정일, 가임기를
알려주는 달력이에요! 임신준비할 때 활용했어요.

순산해요

간단한 조작으로 진통주기를 체크할 수 있어요.
5분 간격이 되면 병원에 가라는 알람이 떠요!

예정일까지 D-8

#코코야 #방언제빨래 #이제슬슬 #보고싶다

출산 가방

준비물 ✕

배가 나올수록
힘드니까
미리 조금씩
챙겨요!

출산전후 아내는
힘드니까
남편이 캐리어
끌기!!!

실제로는 이것보다 더 많이 바리바리 싸갔지만,

입원 4박 5일, 산후조리원 2주 동안 꺼내지도 않은

물건들이 많았어요. 자주! 잘 쓴 물건들만 추려보았어요.

산후조리원마다 제공되는 물품과 준비물이 다르니 확인은 필수!

아직 기다림 D-3

정기검진 결과,
나도 아기도 아직 준비가 안 됐다.

이슬 비칭?
가진통?
ㅠ?

자궁문 전혀
← 안 열림

← 거의
안 내려옴

예정일까지 소식이 없으면
유도 분만 날을 잡기로 했다.

들었니,
과거의
나야?

때가 되면
다 알아서
나오는게
아니란다.

어리석은
녀석아…

주변에서 다들 실패한 유도…
최악이라는 유도+제왕…

유도후기
찾아보고
멘탈 나감…

물론
성공 후기도
많지만…

일단 걷고, 움직이자!
자연진통, 제발 와라!

#자연진통 #와라와라 #오기만하면 #순산할줄알았지

아기를 낳아 키우고 계신 분들은 한 번씩 우스갯소리를 하더라고요.

"으아, 다시 배 속에 넣고 싶다!"라고요.

그런데 저는 이제 좀 낳고 싶어요. ㅠㅠ

어차피 낳아서 키워야 할 아기라면 이제는 임신 말고 육아를 하고 싶어요.

내 아기 귀여운 짓도 좀 보면서 말이지요.

물론 나중에는 말을 바꿀 수도 있습니다! 허허.

그래도 지금까지 저와 아기 모두 건강할 수 있었음에 감사합니다.

대신 임신을 해줄 수가 없어서 미안하다며 곁에서 챙겨주고 배려해 준 남편에게도 고맙고요.

아, 출산도 잘 해내고 싶은 욕심이 생기는데 영~ 신호가 안 오네요.

보통 초산의 경우 예정일보다 조금 늦을 수도 있다고 하네요.

저도 곧 신호가 오겠지요!

"코코야, 얼른 와!" ^

어쨌든 순산

당첨됐다...!

'자연진통+유도촉진+제왕절개'코스...

주르...

쓰리콤보...

내 맘대로
되는 일이
아니었으....

약 30시간 동안 진통을 했지만
자궁문이 도통 열리지 않아서

아 거...
문좀 열어봐

후...

오 내진

결국 제왕절개를 하게 됐다.

차갑고 무섭다는 수술대 위에서
하반신 마취의 기쁨으로 웃었다.

←가려져서
안 보임.

헤헤...
안 아프다
헤헤...

그래도 나도 아기도 건강하니까
결과적으로는 순산이다! 순산!

산후조리
해야지~

아 알았어,
알았어.

손목
아껴~

#똑똑똑 #자궁아 #문좀열어줘 #결국 #긴급제왕절개 #또르르

코코야, 안녕?

우리가 드디어 만났구나.

엄마 아빠 처음 보니까 어때?

엄마 아빠는 오늘 널 만나서 정말 행복했어.

배 속에서 예정일 꽉 채워 나와준 것도 고맙고,

오랜 진통에 너도 힘들었을 텐데 잘 견뎌줘서 고맙고,

갑자기 세상에 나오기 싫었을 텐데도 우렁차게 울어줘서 고맙고,

지금 이렇게 엄마 아빠 품에서 새근새근 자 주니 고맙구나.

엄마 아빠는 네가 건강하게 태어났으니 더이상 바라는 게 없단다.

그저 네가 앞으로 만나게 될 세상이 행복했으면 좋겠고,

그 예쁜 세상을 엄마 아빠가 만들어주고 싶어.

네가 너무 작고 소중해서 너를 안는 것도 겁이 나고,

씻기고 먹이며 너를 돌보는 모든 일이 서툴겠지만

우리 세 가족이 함께라면 아무 문제 없을 거야.

코코야, 우리 앞으로 행복하게 지내보자.

엄마 아빠에게 와 줘서 정말 고마워.

이건 진짜 참사랑

#다시생각하니 #좀얄밉네 #진통 #그고통을아느냐

예정일 전날 저녁, 초조한 마음에 혼자서 산전 요가를 했어요.

그동안 꾸준히 산책을 열심히 했기 때문에 따로 운동을 하진 않았었거든요.

근데 괜히 이날은 하고 싶더라고요. 방에서 혼자 인터넷을 뒤적이면서

출산 전에 해두면 좋다는 요가 동작들을 찾아서 숨이 찰 때까지 했습니다.

사실 얼마 하지도 않았는데 숨이 차고 땀이 나길래

임신부의 저질 체력에 놀라워하면서 샤워를 하고 잠이 들었지요.

새벽 3시, 배가 사르르 아파서 잠에서 깼는데 운동한 효과였는지는 모르겠네요.

오히려 진통이 시작되니까 두려움보다 아기를 만난다는 생각에 들떴답니다.

진통이라는 게, 처음부터 못 참도록 아픈 것이 아니더라고요.

약 먹지 않아도 될 정도의 생리통 정도였습니다.

바로 진통 체크를 시작하면서 아침까지 밤을 새웠는데,

그게 다음 날 저녁까지 계속될 줄 알았더라면 그때 그냥 잤을 거예요. ㅠㅠ

아침에 일어난 남편은 제가 진통이 시작됐다는 걸 알고 바로 휴가를 냈어요.

진통 주기가 짧아지면 알아서 병원에 갈 테니 일단 회사는 가라고 했지만,

남편은 무슨 소리를 하는 거냐면서 바로 휴가를 내더라고요.

그러게요… 저는 도대체 무슨 배짱이었던 걸까요?

남편이 그때 회사에 갔다면 혼자 집에 남은 저는 너무 무서웠을 것 같아요.

다행히 하루 종일 남편과 집에 있으면서 진통 주기가 짧아지기를 기다렸어요.

남편이 사과도 깎아 주고 등도 쓸어 주고 손도 잡아 주고... 의지가 정말 많이 됐답니다!

그런데 진통주기는 6~8분 사이였어요. 도저히 5분으로 줄지 않더라고요.

해가 질 무렵부터는 진통이 세져서 더 있다가는 병원에 가기 힘들 것 같아

오후 6시에 병원에 갔습니다.

다행히 간호사님이 제 상태를 보고 입원시켜 주셨어요.

그 뒤로는 인터넷에 떠도는 출산 후기와 크게 다르지 않습니다. ㅎㅎ

다만 저는 끝끝내 자궁문이 열리지 않아서 결국 다음 날 아침에 제왕절개를 했어요.

무통 주사도 별로 효과가 없었기 때문에 새벽에 힘들었는데,

수술용 마취 주사는 맞자마자 진통이 전혀 느껴지지 않더라고요! 와우!!

하반신 마취 후 수술실에서 흘러나오는 클래식 음악과

제 심장 소리를 멍하게 들으면서 몸이 슬쩍슬쩍 흔들리는 것을 느끼고 있었습니다.

진통이 사라진 게 기뻤고 체력적으로 지쳐있는 상태여서 하나도 안 무서웠어요.

그렇게 한... 15분쯤 있었을까요? 코코의 울음소리가 들렸습니다.

"으에에엥!"

그러고는 코코를 제 얼굴에 살짝 대어 주셨는데,

그 느낌은 정말 평생 기억하고 싶답니다.

태어나서 처음 느껴 본 촉촉함과 부드러움이었어요!

그렇게 아기를 만나고 바로 수면 마취를 해주셨고 깨어나 보니 회복실이었습니다.

아기를 만나는 그 순간을 위해서 모든 엄마들이 임신 기간의 노고를 견디면서
기꺼이 아기를 품는 것이겠죠. 정말 대단합니다.

다만, 저는 좀 아쉬운 게 있다면 '어차피 이렇게 제왕절개를 할 거였다면
더 빠르게 하는 게 저도 아기도 덜 고생하지 않았을까?' 싶었어요.
저는 진통 시간이 무척 길어서 무통도 좀 많이 맞았고,
아기는 나오고 싶어 하는데 자궁문이 열리지 않으니 배 속에서 고생을 좀 했거든요.
평소에 항상 침착한 남편도 저를 지켜보면서 울었답니다.
다른 방 산모들은 계속 아기를 낳아서 입원실로 이동하는데
저는 계속 병실에서 아파만 하고 있으니 뭔가 이상하기는 했나 봐요.

그런데 둘 다 아기는 처음 낳아 보는 거잖아요.
'그냥 이러다가 낳는 건가?' 하고 진통을 계속 견뎠어요. ㅠㅠ
정말 조심스럽게 제왕절개를 권해주신 수간호사님 감사해요.
수술 후에 찾아오셔서 "진통이 길고, 제왕절개여도
산모와 아기가 건강하면 순산이지요."라고 건네주신 위로에 속상했던 마음이 풀렸어요!
덕분에 순산할 수 있었어요. 다시 한번 감사합니다. ^^

사랑하는 우리 여보에게.

여보, 10달이라는 긴 시간 동안 너무 고생했어.

여보도 처음 하는 임신이라 무섭고 두렵고 했을 텐데

그래도 잘 이겨내고 건강하게 여기까지 와서 너무 다행인 것 같아.

입덧도 너무 심했고, 배가 부른 것도 상상 이상이었고…

나보고 하라고 했으면 정말 힘들어했을 것 같아.

몸이 바뀌는 만큼 좀 더 공감해주고 옆에서 같이 고민해주고 했어야 했는데

회사 다닌다고 많이 챙겨주지도 못하고 뒤돌아보니까 후회가 남아.

미안하고, 앞으론 더 잘할게!

진짜로 너무 고맙고 고생했어.

이제 코코를 보기만 하면 되니깐 조금만 더 힘내자, 알겠지?!

처음에 여보가 임신을 했다는 얘기를 듣고 좋기도 하면서

연애부터 신혼까지 둘이 너무 좋은 추억들을 많이 만들어서

한편으로는 아쉽다는 생각도 들었어.

여행도 많이 다니고 싸우지도 않고 진짜 행복했던 것 같아.

물론 앞으로는 셋이 돼서 더 행복하겠지만 말이야. ^^

어쨌든 나라는 사람이 이제 겨우 좋은 남편이 되려고 노력하는 것 같은데

'과연 좋은 아빠가 될 수 있을까'라는 고민도 생기더라고.

그래도 항상 여보가 방향을 잘 잡아주니까 내가 언제나 좋은 방향으로

가고 있어서 '좋은 아빠도 될 수 있겠다'라는 생각을 하게 됐지!

우리 세 가족 앞으로 행복하고 좋은 일들만 가득했으면 좋겠다!

여보 사랑해~!

출산에서
육아 12개월

#코코네집으로놀러와 #우리가족은 #이제셋!

너와의 첫 만남

제왕절개 수술 다음날,
남편을 의지해 침대에서 일어났다.

간다…!
아기
면회…!

힘들지
ㅠㅠ

※ 빠른 회복을 위해서 움직여야 한다.

아프긴 했는데, 내 기준으로는
진통보단 참을 만했다.

장기가 쏟아지는
기분이지만
괜…괜…
괜찮아
…….

어기적어기적 간신히 걸어서
만난 아기는 참 작았다.

코코!!!

감동스럽고 신기해서
그냥 계속 웃음이 났다.

짜글이
감자!!
ㅎㅎㅎ

찐
고구마!?
ㅎㅎ
아고고
배야…

#바들바들 #걷기운동 #짜글이감자 #찐고구마 #구황작물 #내아기

126

저는 출산 최악의 사례인 '진통 → 유도촉진 → 제왕절개' 코스를 밟았어요!
나쁘다고만 할 수는 없는 게, 커졌던 자궁이 원래 크기로 돌아오기 위한 수축을 하는데
어떤 사람은 제2의 진통이라고도 할 만큼 심한 배앓이를 한다고도 해요.
그런데 저는 제왕절개였지만 배앓이가 없었어요.
이미 긴 시간 동안 진통을 했기 때문에 그랬던 것 같기도 해요.

사람마다 회복의 정도는 다르겠지만 저는
진통 없이 수술한 사람보다는 회복 속도가 빨랐어요.
다음 날 바로 걸어서 아기를 보러 갈 수 있었지요.
아주 이상한 걸음걸이였기는 하지만요.

아기는 아주 푹~~~ 찐 감자 같았어요! 하하.
코코한테는 비밀인데, 남편은 코코를 처음 보고는,
속으로 '망했다…'라고 생각했대요.
그러고는 스스로 깜짝 놀라서 자책했다고 해요.
그런데 이 푹 찐 감자가 볼수록 참 매력적이에요.
보도 보도 귀엽고, 보고 또 보도 또 보고 싶은 거 있죠! ^^

너무 바쁜 조리원 천국

#바쁘다바빠 #조리원생활 #여기 #천국맞나요 #남편 #잠이오니

128

엄마아빠의 육아도우미! 육아앱 BEST 5

베이비타임

신생아 때부터 생활패턴 잡을 때까지 잘 썼어요.
아기의 일과 (수유, 기저귀, 잠 등등) 기록과 성장일기,
성장곡선 기능이 유용하고 남편과 공유가 돼서 좋아요!

열나요

체온 기록, 해열제 복용 여부 관리, 해열제 복용 팁까지
초보 엄마아빠에게 고마운 우리아기 열관리!

차이의놀이

연령별 맞춤 놀이와 육아정보들을 알 수 있어요.
간단한 놀이팁들이 많아서 도움이 됐어요.

**예방접종
도우미**

질병관리본부의 모바일용 예방접종 아기 수첩!
예방접종 기록 조회, 다음 접종일 알람이 가능해요.

당근마켓

우리 동네 중고 직거래 마켓!
생각보다 아기 물건들은 사용기간이 짧아요.
이 앱으로 동네분들과 육아템들을 쿨거래했어요!

아직 실감이 안 나

출산 후에 배가 바로
쏙 들어가는 게 아니다.

사람마다
다르지만
자궁수축기간
+
운동 필요!!!

불룩한 배를 보고 있으면
내가 아기를 낳은 게 맞나 싶다.

흠...

이제
태동이
없다니...

아기를 보고 있어도
내가 아기를 낳은 게 맞나 싶다.

하악

요것이
내 아기?!
짜글짜글!!!

응아

이 작은 사람은 허전하고도 충만하게
나를 뒤흔들고 있다.

미간에 살짝
연어반ㅠㅠ

머리숱이
많다!!

#연어반 #천사의뽀뽀 #약간 #아바타느낌 #사라지겠지 #사라질거야

아기를 처음 봤을 때 눈에 들어온 것은 미간에 있는 붉은 점 같은 것이었어요.

진통할 때 배 속에서 고생해서 멍이 든 건 줄만 알았지요.

그런데 그런 거를 연어반이라고 하더라고요.

천사의 키스라고도 하고요.

어렴풋이 들어본 적은 있지만 제 아기에게 생길 거라고는 생각해본 적이 없었어요.

허겁지겁 검색을 해봤습니다.

연어반(鰱魚斑)
보통 눈꺼풀, 두 눈 사이나 이마에서 나타나는 연어 살색의 불꽃 모양 모반. 신생아의 40%
에게서 나타나고 보통 출생 후 1년이면 없어지는 영아기의 가장 흔한 혈관계 병변이다.

천사들이 아기를 엄마에게 보내줄 때 뽀뽀를 쪽! 해주는데,

너무 아쉬워서 찐하게 쪼오오옥~ 해주는 아기들에게 자국이 남는 거래요!

아이, 귀여워라!! ^^

코코는 자세히 보니까 미간 외에도 눈꺼풀, 목 뒤, 뒤통수까지 연어반이 있었어요.

하지만 건강에 문제가 있는 건 아니고 자라면서 없어진다니까

걱정하지는 않았어요. 그리고 정말 자라면서 미간에 있는

연어반을 제외하고는 전부 사라졌습니다.

미간 연어반은 좀 진해서 오래 걸리나 봐요. 다행히 머리숱이 아주

풍성한 아기라서 나중에는 앞머리를 예쁘게 내려줘야겠습니다! ^^

만나면 반갑다고 찌찌찌

#3시간간격 #유축 #젖소의길 #유두가아파 #강철찌찌 #단련중

"엄마, 가슴 좀 봐 봐요."

"… 네?"

"단추 풀러 봐요, 잠깐. 음, 유두가 납작해서 아기가 잘 못 먹을 확률이 높겠네요."

남편과 함께 산후조리원에 들어와서 아기 정보를 확인하며 처음 들은 말이에요!

어차피 모유 수유를 하게 되면 남편 앞에서도 단추를 푸르고 돌아다니게 되겠지만

이때는 아직 그런 마음의 준비가 안 됐을 때라 속상했습니다. ㅠㅠ

그래도 저도 엄마라고, 아기에게 그렇게 좋다는 면역력 가득한

초유를 먹이고 싶어서 잘 나오지 않는 젖을 열심히 유축하고,

마사지도 받고, 물도 많이 먹고, 밥도 잘 먹으려고 애썼습니다.

다행히 젖 양이 점점 늘어난 저는 대부분을 모유로 먹일 수 있었지요.

마사지 해주던 분이 하신 말씀이 기억에 남네요.

"모유 수유 욕심이 없는 엄마들이 오히려 젖이 점점 늘어서 나가더라고요."

너무 스트레스 받으면 오히려 더 좋지 않다는 거겠죠? ^^

엄마들은 이미 출산이라는 대단한 일을 해냈어요!

모유를 먹여야만 좋은 엄마가 되는 게 아니라, 이미 충분히 멋진 엄마입니다.

인생은 give&take

출산 10일차. 평생 안 빠질 것 같던
체왕 붓기가 빠지고 있다.

하루에
1kg씩

빠지는 중!!

슈슈슉   슈슉-

몸이 상하긴 했지만
잘 회복되고 있다.

빈혈

허리통증

피부발진

인생 Give & Take 라고
절실히 느끼고 있다.

그래도
감사...

아기천사

Give
&
Take

HP 체력

그래도 행복한 게 참 신기하다.

코코 내꺼야!

여보는
내꺼!!

그럼 코코도
내꺼!!!

#빠져라 #붓기 #회복돼라 #몸뚱이 #아기만보면 #웃음이실실

134

용쓰는 신생아

#모자동실#꿈틀꿈틀#코코는소화중 #토마토얼굴 #방귀도큰일

이제 실전이다

드디어 산후조리원을 퇴소하고
집으로 간다.

찌찌훈련소　　　　졸업이다!!

아직 모든 게 서툰 상태라
불안하다.

할 줄 아는게 없는데…　　괜찮아~

실전
이라니!　　　　금방
적응될 거야!

다행히 엄마가 와 주시고
평일엔 친이모도 오신다.

엄마 : 투머치 딸사랑　　이모 : 직업이 산후도우미

산후조리 어벤저스

받을 수 있는 도움은
감사히 다 받아야지…

감사합니다　　　정말 정말…

넙　　　숙

#산후조리원퇴소 #육아는실전 #혼자선못해 #어벤저스출동

딸 낳은 엄마 마음

-임신 기간에 엄마와 나눈 이야기-

엄마, 나 낳을 때 아팠지…

아프기도 했는데,
내 딸도 나중에 이렇게 아프게
애를 낳겠구나~미안했지.

엥?

별생각을 다한다!
아파 죽겠다던데
그런 생각이 났어?

너도
낳아 봐~

그런데 그 별생각이 나도 들었다.

딸 낳은
엄마 마음
이제야
알겠네……

끔뻑
끔뻑

#엄마 #나도딸낳았어 #엄마마음 #이제알겠어

137

코코야 왜 울어

잘 자고 있던 아기가 갑자기
울음을 터트렸다.

뺴— —앹!!!

놀랄 것도
없었는데
왜 그래?

안아줄까?

응애!!!

이엥!!!

괜찮아~ 아마 쉬했을 거야.
자다가 뜨거우니까
놀랐지 뭐~

봐~금방
다시
잔다~

오오

오오

진짜였다!!! 귀여워라.....

자기가
싸 놓고!
ㅋㅋㅋ

ㅋㅋㅋ

묵직한

기저귀

#뭐지 #이귀여운생명체는 #히잉 #쉬야 #뜨거워

아기들은 정말 별의별 이유로 울더군요.

졸려서는 기본이고, 배가 고파서, 추워서, 더워서, 심심해서, 쉬해서

그리고 안아 달라, 아니 그 자세 말고 다른 자세로 안아 달라 등등

시도 때도 없이 울어요. ㅠㅠ

으아... 초보 엄마도 같이 울고 싶었어요. ㅠㅠ

아기가 좀 운다고 큰일이 나는 것도 아닌데 아기 울음소리를 들으면

온몸의 털들이 바짝 서면서 울음소리가 사이렌 소리처럼 들리더라고요.

내가 아기를 너무 예민하게 키우는 건 아닌가 걱정을 하기도 했는데,

삐빅! 정상입니다.

점점 괜찮아져요.

시간은 좀 걸리지만 나중에는 아기가 울어도 "그래~그래~" 하면서

물 한 모금 마시고 안아줄 여유가 생기더라고요! ^^

첫 예방접종

예방접종을 하러 병원에 다녀왔다.

첫 외출!

결핵
예방접종!

떨려…

그렇게 아파하는 모습은 처음이라
놀라서 나도 울 뻔했다.

으어…
히아…

생각보다
쎄게 놓네…

앵!!
우에엥!!

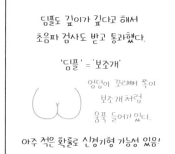

딤플도 깊이가 깊다고 해서
초음파 검사도 받고 통과했다.

'딤플' = '보조개'

엉덩이 꼬리뼈 쪽이
보조개처럼
움푹 들어가 있다.

아주 적은 확률로 신경기형 가능성 있음!

하루하루 이렇게 튼튼하게 자라자.

주사 맞은 날
보채지도
않고 잘 놀고
잘잠!

크오—
효녀시다!

#두근두근 #병원나들이 #눈물찔끔 #아프지말자

140

우여곡절 젖소생활

나는 제왕절개로 타이밍을 놓쳐서인지
초유 양이 형편없이 적었다.

10방울..?

이것도
먹이는건가...?

그랬는데 마사지 받고 유축을 자주 하니
양이 또 너무 늘어나버렸다.

질끈...

젖소야
뭐야...

쏙쏙~

양이 적어도, 많아도 고민이지만
잘 먹는 아기를 보면 힘이 난다.

많이 먹어
~

신기해...

열심히 먹는 너의 작은 입과 손을
엄마는 열심히 기억할게.

#어쩌다완모 #터질듯한가슴 #줄줄샌다 #기분이좀그래

모유수유 장점 ☺

☑ 아기에게 좋다.

☑ 외출 시 짐이 적다.

저는 이게 최고로 좋았어요!
사람마다 차이는 있어요!

☑ 평균보다 한참 뒤에야 월경을 다시 시작한다.

☑ 분유 비용이 절약된다.

☑ 애착 형성에 큰 도움이 된다.

☑ 산후 회복에 좋다.

☑ 설거지를 할 일이 없다.

☑ 신속한 수유가 가능!

✦ 좋은 점이 많지만 적응을 하기까지 쉽지가 않아요. ✦

모유수유 단점

☑ 젖이 차면 가슴이 불편하다.

☑ 음식 섭취를 신경써야 한다.

☑ 아기와 한 몸! 떨어질 수 없다.

☑ 각종 가슴 트러블 (젖몸살, 유두 백반 …)

☑ 치아가 난 아기에게 물리면 ㅠㅠ 써걱…!

☑ 나중에 가슴 모양이 변하는 경우도 있다고 함.

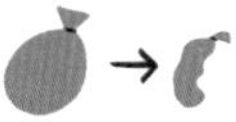

☆ 짧게 요약하면 엄마가 신경 써야 할 일이 많음 ☆

모유는 직접 겪어 봐야 가능 여부를 알 수 있어요!
너무 스트레스 받으면서 무리하지는 말아요~
아기에게 최고의 맘마는
행복한 엄마가 주는 사랑이래요 ♥

늘어나는 혼잣말

가끔 젖병으로 밥을 먹일 때,
눈을 마주칠 수 있어서 좋다.

히히
내가 엄마야.

아직 눈동자에
초점이 애매하다.
왕귀염!

아기의 눈을 가만히 들여다 보니
내가 보였다.

히히히

그래.
엄마야

두 — 둥

어휴… 아기야
엄마가 꾸미면
이 정도는 아니거든?

나름 괜찮아.
진짜야.
믿어주겠니.

뽀실
뽀실

쓱

쭈압 힝
쭈압

혼잣말만 늘어가는 신생아 육아.

엄마 미용실
가고 싶다.

맘마는
맛있었어?
옳지, 트림!

끄억

탁 탁

탁 탁

#중얼중얼#어머#내꼴이왜이래#아기야#듣고있니

144

아기를 돌보다가 우연히 결혼사진 액자에 시선이 꽂혔습니다.

저 예뻤더라고요. 더 보고 싶어서 오랜만에 앨범을 꺼내서 봤어요.

덤덤하게 한 장, 두 장 사진을 넘겨보다가 임신했을 때 빼 두었던

결혼반지를 껴봤는데 첫 마디에서 걸렸습니다.

붓기가 아직 다 빠진 게 아니어서 손가락은 퉁퉁했어요.

음… 속상한 마음이 스멀스멀 떠오르면서 기분이 착 가라앉았답니다.

아기를 낳고 돌보다 보니 제 몸을 가꿀 시간이 없었어요.

두 시간마다 밥 달라, 재워 달라… 손이 많이 가는 시기니까

엄마는 하루 종일 아기 곁을 지켜야 해서 샤워도 마음 편히 할 수가 없지요.

그래서 거울을 볼 때마다 참 마음이 복잡하고 우울했는데,

이게 조금만 더 심해지면 산후우울증도 남의 일이 아니겠더라고요.

저는 우선 몸의 회복을 위해서 잘 먹고, 손목 발목도 신경 써서 관리하였어요.

그리고 남편과 대화를 많이 하면서 아기 돌보기에 몰두했습니다.

제가 느끼지 못하는 사이에 점점 부기는 빠졌고,

아기 백일 무렵에는 결혼반지도 다시 맞게 되었어요.

물론 아기를 갖기 이전보다 화사함은 시들었을 거예요.

하지만 다른 좋은 게 있다고 믿고 있어요!

연륜으로 다져진 우아함이라던가, 내공이 느껴지는 단단함이라던가 하는 것들이요!

엄마들, 우리 우울해하지 말자구요!

우리는 거지꼴이어도, 충분히 예쁘니까요!!

아기는 무럭무럭

아기가 폭풍 성장중이다.

쑥 쑥 쑥 쑥

코코

진짜 하루하루 크는게 보여서 신기하다.

모빌을 보네!

눈 마주친다!

옷이 작아!

기특하고 예쁘지만 벌써
이렇게 컸나 싶어서 싱숭생숭하다.

너무 빨리
자라지는 마~

이러다가 말이라도 하는 날엔
울겠다 울겠어···

오늘
귀여웠는데

하루하루가 아까워!!!

#천천히자라자자#목만좀가누고#잠만좀잘자고#무리한부탁

146

아기는 버둥버둥

코코는 아직 자기 손발의 존재를 모른다.

ㅋㅋㅋㅋ
애쫑봐!

여긴 어디...
나는 ...
누구 ...

주
욱

갑자기 손발이 움직이면 놀라서
잘 때는 싸매주고 놀 때 풀어 놓는데.

...?

번데기 같아서 귀엽다.

의지와 상관없이 버둥거리는 걸
구경하는 재미가 쏠쏠하다.

꾸에엥

꿈틀

꿈틀

+가끔 혼자 손 들고 벌서기도 함.

뭐지ㅋㅋ
손 잡아줘?

끔뻑
끔뻑

#속싸개 #번데기 #버둥버둥 #이게뭐지 #손이야 #너꺼야

147

늦게사서 후회했던 유용한 육아템!

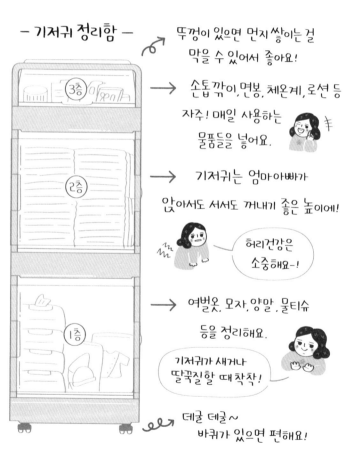

- 기저귀 정리함 -

뚜껑이 있으면 먼지 쌓이는 걸
막을 수 있어서 좋아요!

손톱깎이, 면봉, 체온계, 로션 등
자주! 매일 사용하는
물품들을 넣어요.

기저귀는 엄마아빠가
앉아서도 서서도 꺼내기 좋은 높이에!

허리건강은
소중해요-!

여벌옷, 모자, 양말, 물티슈
등을 정리해요.

기저귀가 새거나
딸꾹질할 때 착착!

데굴 데굴~
바퀴가 있으면 편해요!

빨리 사서 뿌듯했던 유용한 육아템 BEST 3!

①

기저귀 쓰레기통

냄새차단이 되는 구조라서
집 안에 둬도 응가 냄새가 안 나요!
비우기도 편해서 잘 쓰고 있어요.

②

클리어 잭

물이 위로 솟아 나오게 해 줘요.
아기비데, 머리 감기기, 얼굴 닦기
그리고 손 씻기기 까지! 야무지게 쓰여요.
아빠엄마가 양치할 때도 편해요!

③

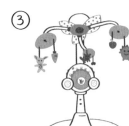

모빌

뭘 해 줘야 할지 고민인 신생아 때
이게 최고였어요. 소리가 길게 나오고
흑백&컬러 둘 다 있어서 시기별로
교체가 가능한 것이 좋아요!

나의 작은 사람

아기를 갖기로 마음 먹기 전에는
임신. 출산. 육아가 모두 희생 같았다.

안녕…

건강

감정

돈

시간

임신 초기에도 내 입장만 생각했는데
어느 순간 생각이 달라졌다.

??

?

아기가
무슨
죄야?

고생은
얘가
더 하지…

쉽지 않은
인생…

우리 선택으로 우리가 원해서
만나게 된 작은 사람.

네 덕분에 책임과 노력을
배우고 있어.

#선택은내가 #우리집 #작은사람 #소중해 #아껴줄게

등 센서 발동!

잠투정하는 아기를 간신히 재웠다.

하하

호오

구석구석 쑤시는 몸을 두드리며

스트레칭을 하고 있다가

이제
아기
무거워…

크고
묵직해…

아기랑 눈 마주쳤다.

어멈… 날
내려놨겠지?

아이고~깼어?

안아. 나 운다?
3초 준다.

#파워잠투정 #100보걷기 #100번흔들기 #파워등센서 #번쩍

생후 1개월

육아가 준 능력

#엄마한정 #육아능력치 #파워업 #초예민 #아빠는거들뿐

152

아기를 돌보면서 저의 온 신경은 아기를 무사히 지키는 것에 쏠렸습니다.

아기가 울면 세상이 무너지는 것처럼 심장이 벌렁거리고

자고 있는 아기가 뒤척이면 혹시라도 깰까 봐 숨 쉬는 것을 참기까지 했어요.

그러다 보니 제 몸을 챙기는 것보다 아기를 우선으로 하게 됐어요.

아기가 조금만 뒤척여도 깨는 바람에 저는 언제나 선잠을 자게 되었지요.

사실 그렇게까지 할 필요는 없었는데, 그땐 그게 최선인 줄 알았어요.

그런데 남편은 그러지 않았어요! 아기가 울어도 당황하지 않은 모습으로

아기를 안았고, 지친 저를 여유롭게 달래기도 하고요, 온갖 소리를 내면서

자는 아기 곁에 누워서 코까지 골며 잘 자더라고요. 얄미울 정도로요! 하하.

하지만 퇴근 후 서둘러 집에 온 후에 간신히 손을 씻고는 아기 씻기고,

저와 이야기를 하고, 아기와 함께 자는 남편을 보면 화가 나진 않았어요.

"내가 집에 있는 시간이 적은데, 그 시간만큼은 셋이 같이 있고 싶어."라고

말하면서 곁에 딱 붙어 있는 남편에게서 후광을 보았답니다! ^^

우리 집 응가 대장

아기는 기저귀에 똥을 싸면
당연히 울 줄 알았다.

상상만 해도   찝찝하다.

아니다. 싸고 나면 오히려 편안해 한다.

오늘도
크게 한 건
해냈구먼…   평온

자다가 똥 싸 놓고 계속 잔 적도 있다.

왠지 굉장히
만족스러운
표정+포즈

진짜 신기한 존재다.
무슨 생각인지 알 수가 없어.

엉덩이
닦자!!

아니야!!
날뛰지마!

꺄아

#신생아응가 #뜨끈뜨끈 #물응가 #움직이면 #대참사

육아는 템빨

매일 집으로 택배가 온다.

원래는 물욕이 없는 편인데
요즘엔 뭐…^^

없으면 없는 대로 살 수 있지만
있으면 온 가족이 편해진다.

육아는 템빨!! 옳소!!!

그런데 정말
필요한 게 계속 생기네!

모든 걸
다 사줄 순
없지만

건강하고
행복하게
해줄게!

아빠 엄마도
좀 편하고…!

#물욕대마왕 #이것도사고 #저것도사고 #근데 #다잘써 #육아템최고

155

#육아템#거실점령

코코의 이름은?

아기의 이름은 임신 중에
미리 생각해 뒀었다.
출생
신고는
한달이내!
늦으면
과태료~

평생 사용할 이름이기에
결정하기가 어려웠다.
돌림자?
외자?
사주?
한자?

너무 여성스럽지 않고 중성적이며
야무진 느낌에 어감도 좋고
알아듣기 쉬운 발음에 막 흔하지 않지만
그렇다고 너무 튀지도 않으며
유행을 타지도 않는!!!
헥
헥 헥
헥 헥
헥

남편과 몇 달을 고민하고 결정했다.
부족함없이 윤택하게 살자 다윤아.

#다윤아 #이름 #마음에드니 #안들어도어쩌겠어 #출생신고완료

나른하게 소중한

아기가 잠에서 깨려고 한다.

앵!
끙 꾸웅

앙돼…
엄마는 아직
준비가 안됐어!

조금만 더 누워있고 싶어서
아기를 옆에 눕히고 토닥였다.

쉬—— 쉬——
쉬—— 쉬——
토닥 토닥

아기의 살냄새, 숨소리
내려다보이는 통통한 볼살.

푸—♥

그 모든게 너무 나른하게 소중했다.

잠이 솔솔 오는
냄새네~

크
킁

#킁킁 #아기냄새 #그릉그릉 #숨소리 #곧울음터짐 #짧은행복

생후 2개월

코코는 점점 귀여워지는 중

아기가 점점 사람다워지고 있다.

제일 기쁜 건 밤에 잘잔다.

평균 3~5시간. 최고기록 9시간!

고맙다. 아기야.

탈수 걱정에 깨움...

눈에 초점이 생겼고 표정이 풍부해졌다.

오아 크흐으

눈 마주치고 웃네~

점점 피부가 뽀얘짐!

그리고 울 때 눈물이 나온다.

뿌 어어엥!!

눈물즙 짜내는 수준.

아, 슬슬 침도 흘린다. 점점 더 귀여워지네.

뿌르르

개인기 +1

침거품 만들기!!!

#짜글이감자 #껍질벗음 #뽀얀속살 #귀여운내아기

160

어른들의 우스갯소리로, 육아하면서 부모가 입방정 떠는 것을
아기가 다 듣고 있으니 말조심하라는 말이 있더라고요.
"잘 자네~"라고 하면 그날부터 자지 않고,
"잘 먹네!"라고 하면 잘 먹던 것도 갑자기 거부하고 그런다나요?

네, 그렇습니다.
코코가 잘 잔다고 좋아했는데, 너무 좋아하면서 이야기를 했을까요?
코코가 들었나 봐요. ㅠㅠ

신생아 때는 잘 자더니 점점 밤잠을 설치기 시작해서,
돌 무렵까지도 통잠을 자지 않았습니다. ㅠㅠ
반대로 신생아 때 잘 못 자던 아기들이 점점 잘 자는 경우도 있다고 해요.

아기들은 참 매일이 다르지요.
이랬다가 저랬다가 변화무쌍이에요!
육아에 입방정은 금물! 방심도 금물!!

아기의 하루

아기의 하루가 어떨지 생각해봤다.

아가
오늘 하루
어땠어?

푸흐-?

느닷없이 태어나서

아직 눈도 잘 안 보이고,

아마 이 정도의 시력일 거다.

여기저기 불편해도 할 수 있는

의사표현은 우는 것 뿐.

배고파   안아줘

졸려   놀아줘

쉬했어   배아파

똥마려 졸려워 잠이 안와!!!!

'아기도 애쓰고 있겠구나.'

이렇게 생각하니까 더 애틋해졌다.

엄마도
힘낼게!

많이
많이

안아줄게!

#으앙으앙 #실컷울어 #잔뜩안아줄게 #밤에만빼고 #층간소음걱정

아기를 낳고 산후조리원에서 지냈고, 집에서는 이모가 돌봐주셨지요.

하지만 든든했던 이모도 이제 집으로 돌아가시고 처음으로 아기와 남겨진 날,

출근하는 남편을 배웅하며 마음이 벌렁벌렁했지요.

제가 염려했던 것처럼 지진이 나거나, 아파트에 불이 나지는 않았지만

저는 멘탈이 탈탈 털렸습니다. 이렇게까지 무능력하게 느껴진 적은 없어요.

그동안은 그래도 노력을 하면 보상이 되돌아오는 평탄한 인생을 살아왔는데,

육아는 얄짤 없더라고요. 아무리 노력해도 참 서툴렀습니다. ㅠㅠ

엄마 손길이 서툴고 자신도 없으니 아기는 얼마나 힘들었을까요.

스스로도 밉고, 아기 울음소리에는 예민해졌습니다.

모성이고 나발이고 그냥 미치겠더라고요.

서툰 초보 엄마를 만나 이래저래 고생하는 아기가 딱하고,

잠도 잘 못 자고 샤워도 하지 못한 채 아기에게 모유를 먹이겠다고

가슴을 풀어헤치고 있는 스스로가 딱하고,

불편한 마음으로 출근해서 허겁지겁 집에 오는 남편이 안쓰러웠어요.

신혼 때의 달달한 사랑만으로는 육아의 험난한 길을 헤쳐나갈 수 없더라고요.

그때에는, 아등바등 애쓰는 서로의 모습을 보면서... 딱하게 여깁시다!

딱한 놈 떡 하나 더 준다는 마음으로, 어찌저찌 견뎌지더라고요!

네 덕분에 웃어

#원초적아기 #수치심없음 #순진무구 #뿡뿡 #빡빡

육퇴의 춤

#목욕 #막수후취침 #통잠응원해 #꿈은이루어진다 #언젠간

부부 그리고 부모

#오순도순 #우리우정 #변치말자 #아차 #우정말고사랑

하루 종일 아기를 돌보다 보면 남편 얼굴을 들여다볼 시간이 없어요.

어느 날은 옆에 있는 남편 얼굴을 정말 오래간만에 보게 됐는데

피곤에 찌든 얼굴을 한 남편이 저와 눈을 마주치자 씩 웃더라고요.

저는 힘들다, 우울하다, 나가고 싶다 맨날 징징거렸는데

다정한 남편은 싫은 소리 한 번 하지 않는 모습이 정말 고마웠습니다.

오는 다정함이 있으면 가는 다정함도 있는 법!

저도 남편에게 다정해 보기로 했습니다.

오늘은 일이 많지는 않았는지, 점심은 무엇을 먹었는지 물었지요.

이런 작은 노력이 부부 사이에 참 많은 도움이 됐습니다.

남편이 여전히 나에게 관심이 있고, 나의 하루를 궁금해한다는 것!

그것만으로도 하루를 더 힘차게 보낼 힘이 생기더라라고요.

사랑하는 남편! 우리 평생 사이 좋게 지내자! ^^

생후 2개월

아빠 판박이

아기가 처음 태어났을 때는
엄마인 나를 똑 닮았었다.

다들 나 닮았대

헤헤

받안 나 닮아서 큰다~

그런데 점점 남편 얼굴이 나오더니
지금은 아빠 판박이다.

괜찮아! 예뻐!!

딸인데 나 닮았어~

서로 닮은 둘을 보고 있으면
기분이 말랑해진다.

내가 아끼는

똑 닮은 사람 둘 ...♥

처음 느껴보는 낯선 행복감. 좋다.

이리 와~

나도 나도~

#첫딸은아빠 #유전은과학 #남편이두명 #신기해

뽀뽀 금지

아기한테 뽀뽀는 하지 않는 게 좋다.
충치균과 포진균이 옮을 수 있기 때문이다.

× × 충치균 × 둘 다
+ 있음.
포진균
× ×

그런데... 진짜 참을 수가 없다.

잘근잘근
깨물고 싶다
....!!!

통통한 볼살이랑 볼록한 배랑
접히는 팔다리랑 ... 미침!!!

?! 허벅지 접히는 곳에
코 박기♥

킁카
킁카

결국 입이랑 손만 빼고
엄청 퍼붓고 있다.

쪽! 쪽!
쪽
쪽! 쪽!

#깨물어주고싶어 #너무깜찍해 #쪽쪽 #충치균 #접근금지

169

나 홀로 외출

엉망진창으로 기르고 있던
머리카락을 드디어 잘랐다.

출산 후
머리빠짐
시작…

어차피
빠질머리
묶어둬서
무엇하리…

오래간만에 외출을 하니
신났지만 살짝 위축됐다.

ㅇㅇ
속세의
빛…!!

눈부셔!!

싹둑 잘라낸 머리카락만큼
기분도 홀가분해졌다.

단발 최고!

산뜻   산뜻

또 이렇게 힘이 난다.

엄마
머리잘랐어~

아빠랑
잘 놀고 있었어?

예뻐
예뻐

예뻐?

#머리카락 #우수수 #산뜻한외출 #나의미래 #잔디인형

170

보고 배울 인간 1호

아기의 주양육자인 나는
아기가 보고 배울 사람 1호다.

나란 녀석이?

오우!?

내가 멘토로서 어떨지 생각해봤다.

아기 앞에서 떳떳한가?

나는 나쁜 사람은 아니지만
딱히 좋은 본보기도 아닌 것 같다.

게으르다거나…

끈기없음이라던가…

은근 까칠하다던가…

완벽하진 않아도
부끄러운 부모가 되지는 말아야지.

중심 잡고!!

개념 잡고!!

아자

아자!!!

#나는멘토 #아기의거울 #나란녀석이 #부담백배 #잘해보자

171

육아로 근육강화

아기가 아직 어려서

온종일 집에 있는 날이 많다.

독감

장염

미세먼지

운동량이 적을 것 같지만

육아는 몸을 꽤 많이 써야 한다.

아니 그렇다고
살이 빠지진
않음

데헷

으아!!!

홈트레이닝이다!!!

6kg+a의 아기

옮기기!

안고 걷기!!

흔들기!

두들기기!!

춤추기(?)

근육량은 늘어나는 것 같은데

관절은 너덜너덜해지는 중.

벌크업

혼란
스럽다…

?!

너덜
너덜

#으쌰으쌰 #관절아버텨줘 #근육아힘을내 #뱃살아빠져줘

아기 전용 위생관리 세트!

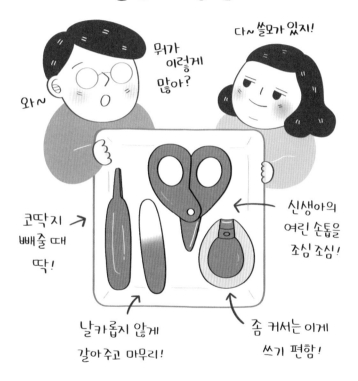

와~

뭐가 이렇게 많아?

다~ 쓸모가 있지!

코딱지 빼줄 때 딱!

신생아의 여린 손톱을 조심 조심!

날카롭지 않게 갈아주고 마무리!

좀 커서는 이게 쓰기 편함!

신생아 때는 목욕 후 수유를 할 때 잘랐는데, 움직이기 시작하니까
어렵더라고요. 이때, 아기띠를 하고 자르니 세상 편했어요!
좀더 크니까 다 자를 때까지 아기가 기다려줘요 ♡

뭐든지 마음먹기 나름

처음에 아기를 돌볼 때는

괜한 조바심에 여유가 없었다.

재밌게
놀아줘야 해!!

먹놀잠!!

수유텀!!

울면
안돼엣!!

최근에는 좀 더 마음을 편히 먹게 되었다.

트림
안 할 꼬야?

구래랑
구래~

푸흥-

그러고 나니 하루가 훨씬 재밌다.

호에엥-

아기
혼자
잘~논다!

후다닥
머리
감았다!

역시 모든 일은 마음먹기

나름이라는 교훈을 얻었다.

아자아자

빠르게
지나가는
시간!

즐
기
자!!

#초조함 #내려놓기 #연습중 #검색중독 #통제광엄마 #성장중

174

아기는 정말 눈부시게 빨리 자랍니다.

엄마는 그 속도를 따라가느라, 예쁘고 놀라운 시간을 마음껏 즐기기가 어렵기도 하지요.

그런데 그 짧은 시기마다 엄마가 즐길 수 있는 기쁨이 있는 것 같아요.

육아는 물론 어렵고, 힘들고, 때론 지치기도 하지만

어차피 해야 한다면 즐길 거리도 놓칠 수는 없지요.

신생아 때는 아기 보는 게 서툴러서 힘들지만,

힘을 빼고 엄마 품에 폭 안기는 아기의 따뜻함을 느낄 수 있지요.

그리고 혼자 누워서 잘 노는 그 짧은 찰나의 시간은

스스로에게 미션의 시간을 주는 거예요. '후다닥 샤워하고 나오기' 같은 것을

해내고 나면 스스로 뿌듯함이 느껴지지요. 하하.

조금만 더 커서 움직이기 시작하면 엄마 혼자만의 시간은 더 줄어들지만,

아기의 예쁜 몸짓을 보는 즐거움이 있더라고요.

슬슬 상호작용이 되기 시작할 때에는 정말 껌뻑 넘어갈 정도로 사랑스럽습니다. ^^

천천히 자라라고 애원해도 하루가 다르게 무럭무럭 자라는

아기의 예쁜 모습은 엄마 아빠만 기억할 수 있어요.

잘 해내고 싶어서 조급한 마음이 드는 것은 어쩔 수 없지만,

그래도 예쁜 모습들도 놓치지 말고 즐겨봅시다! ^^

어여쁜 우리 아기

매일 아침에 아기를 위한
에스테틱 시간을 가진다.

준비물

오일

로션

손톱 가위
& 버퍼

순면 면봉

로션을 발라주고 밤사이에
찌뿌드드했을 몸을 마사지 해준다.

잘 잤어?

자면서
많이 컸어~?

꿈틀-

손발톱을 다듬고 코딱지와 귀도 확인한다.

스읍 하

??

귀가
은근히 잘
안 닦여서
쿵쿵한 냄새…

근데
중독 됨.

엄마는 꼬질꼬질해도
너는 반짝반짝하거라!!

우앙!!

짝

내새끼

짝 짝

귀엽당-

짝

#너부럽다 #엄마도씻고싶어 #그래도 #예쁜내아기

176

대화가 필요해

#주말만기다려 #공동육아 #최고 #하루가뚝딱 #남편귀에서피줄줄

177

나의 작은 조약돌

처음해보는 육아가 쉽지는 않다.
정말 매일이 새롭다.

허우적
허우적

정박의 늪

하지만 분명한 건 보람이 있다.

무엇보다 귀엽고

귀엽고!

귀여움!

한 생명이 하루하루 성장해나가는 걸
지켜볼 수 있다는 건 대단하다.

어제보다
더
잘 하네!

티미타임

끼야아!

짜란다
짜란다~

잔잔했던 내 일상에 퐁당 들어온
작은 조약돌, 널 사랑해.

반질반질하게
아껴줄게!

헤에-♥

#육아애송이 #분발해라 #반질반질 #작은조약돌

178

솔직히, 아주 솔직히 까 놓고 말하면, 제 몸 하나만 생각한다면요,

저는 아기가 태어나기 전이 편했어요.

회사를 다닐 때에도 물론 어려운 점은 있었지만,

그래도 밥은 꼭꼭 씹어 먹을 수 있었어요.

친구들과 약속 잡을 때에도 걸릴 것은 없었지요. 심야영화도 문제 없었어요.

요즘 저는 편하게 화장실에 갈 자유도 사라지고, 밥도 허겁지겁 먹거나

그도 아니면 그냥 빵 같은 것으로 대충 때우기 일쑤지요.

제가 요령이 없어서 더 그럴 수 있겠지만,

매일 새로운 하루에 허둥지둥 적응하기 바빠요.

그런데 참 신기하지요.

아기를 낳은 게 전혀 후회되지 않아요.

쑥쑥 자라나는 아기를 보고 있자면, 이 아기를 낳고 키우는 내가

참 대단한 사람이 된 기분입니다.

평범하던 매일을 특별하게 만들어주는 나의 작은 조약돌.

어떻게 널 사랑하지 않을 수 있겠니!

쓰느냐 마느냐 그것이 문제로다

아기 피부는 항상 보드랍고

보송보송 할 줄 알았는데,

동전습진   태열

침독

기저귀발진

진짜
파워만감…!!

땀띠

신생아 때 심한 태열로 스테로이드 연고를

처방받았언는데 진짜 쓰기 싫었다.

쌤생님…

이거 진짜
써도
돼요…?

그치만 이미 진행된 트러블은 연고를

소량이라도 써서 잡는 게 나은 듯하다.

아기도
덜 고생하고-

아주 약한
스테로이드 연고

얇게 바르고
진정되면
바로 중단!!

연고를 쓰고 싶지 않은 건 나의 욕심.

엄마의 욕심 때문에 널 힘들게 할 수는 없어.

#피부트러블 #스테로이드연고 #안쓰고싶지만 #조금만쓰자

코코의 피부는 너무 부드럽고 좋은데, 아쉽게도 트러블이 자주 납니다. ㅠㅠ
신생아 시절부터 태열이 너무 심했지요. 특히 목과 등이 그랬습니다.
태열은 목을 가누면서 사라졌지만 기저귀 발진과 습진이 생겼는데
온도와 습도도 신경 쓰고, 옷까지 전부 면으로 된 것만 입혀도 생기더라고요.
씻기고, 말리고, 정말 자주 보습을 해 줘도 하루만 소홀하면
바로 올라오는 트러블에 너무 속상했는데 뭐 어쩔 도리가 없더라고요.

너무 심해졌을 때에는 병원에 갔더니 스테로이드 연고를 처방해 주셨습니다.
처음에는 스테로이드 연고를 쓰기가 꺼려졌어요.
그래서 인터넷 검색을 통해서 좋다고 소문난 크림들을 이것저것 써 봤는데
이미 생긴 피부 트러블은 보습으로 잡히지 않았습니다.

어쩔 수 없다는 마음으로 스테로이드 연고를 얇게 발라봤습니다.
제일 약한 단계의 스테로이드 연고였는데 효과가 엄청나게 빨리 나타났습니다.
무섭다는 생각이 들기도 했지만, 아기의 뽀얀 피부가 돌아와서 기뻤지요.
매일 잔뜩 바르는 게 아니라면 문제가 있는 부위에는 조금씩 사용하는 게
아기도 덜 힘들고 엄마 마음도 더 편할 것 같다는 생각이 드네요. ^^

양말 멋쟁이

요즘 나는 수유복 몇 벌을 돌려 입는다.

랩 스타일
상·하의 세트
단추 원피스
셔츠원피스

예쁜 디자인의 수유복이어도
매일 똑같은 옷들만 입는 건 지겹다.

사실 뭘 입어도 이뻐"
모유 줄줄"
아기 침&토
첫단추만 채움^^*

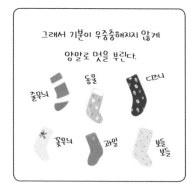

그래서 기분이 우중충해지지 않게
양말로 멋을 부린다.

줄무늬   동물   디즈니
꽃무늬   과일   보들보들

알록달록 귀엽다. 내 양말!

엄마 양말 잘 보여~?
빠아♪

#뭘입어도 #아기가쪽쪽 #침이축축 #젖이줄줄 #양말은빨지마

182

유난히 힘든 날

유난히 힘들고 지치는 날이 있다.

가요~
간다~

응애!!
응애!!

엄마
간다아~

이런 하루의 끝은 반성의 시간을 갖는다.

아기야
미안하다!!!

끄으으…

아기한테
짜증냈다…

하지만 너무 깊이 자책하지는
않으려 노력한다.

난 인성쓰레기야…

잘 하고 있어~

…응응

이런 날도
있는거지~

꾸우오오

지나간 하루는 어쩔 수 없다.

내일은 더 잘해보자.

아기야
너도 오늘
고생했다…

홈카메라 보면서 기운냄.

#코코야 #사는게힘들지 #엄마가잘할게 #우리파이팅

벌써 100일

벌써 아기가 태어난 지 100일이 됐다.

우와!!! 우리아기!!!

와아…!!

100일!!!

이야!!

? 호우!!

이야아!!

만세!!

100일 동안 아프지 않고

잘 자라준 아기가 기특하다.

뿡

뿡

태어났을 때보다 몸무게 2배이상 증가 성공!!!

그리고 그 동안 애쓰면서 성장한

남편과 나 스스로도 기특하다.

코코 엄마!!

코코 아빠!!

애썼다.

애썼어.

모든 것에 감사한 날이다.

멋지다. 우리 가족!

#100일 #첫한복 #넌사랑 #우리가족최고 #100일의기적은없다

통잠은 언제쯤

육아의 어려운 점을 꼽자면,

단연코 '잠'이다!

아기를
재우기도
어렵…

부모가
푹 자기도
어렵…

우리 집 아기는 순한 편인데도 난 못 잔다.

(아기들 잘 때 얌전히 안 잠….)

한숨도
못 잤어~?

어떻게 그 소리에 안 깨죠…

낑낑
낑낑
쨥쨥

보다 못한 남편이 해결책을 제시했다.

다른 방에서 자!

내가
수유콜
해줄게!

꿀잠방

아… 너무 고맙고 좋지만

여전히 나의 숙면은 무리구나…

아기 소리
환청이 들려!

젖이 차서
쭈쭈 아파…

#쭈쭈야 #아기잔다 #먹을사람없다 #눈치챙겨라 #나도좀자자

산후우울증 극복!

출산 초기에 날 우울하게 만들던
몇가지 문제들이 있었다.

변한 몸
나는 누구인가…
서툰 육아

다행히 심하게 우울해지진 않고
그냥저냥 웃어넘길 수 있었는데

모르겠다!
에라이~!!
너어는 진짜 귀엽다!

별 수 없는 문제들이라
적당히 내려놓고 정신승리했다.

100점짜리 육아는 없다!
원래 관리 안 된 몸뚱이다!
난 엄마로 진화중이다!!

아직도 종종 울적해질 때가 있는데,
그럴 땐 남편을 괴롭힌다. 히힛!

내가 아직도 여자로 보여…?
편 ― 하게 말해봐…
예뻐! 섹시해!

#아니그냥 #편하게말해봐 #나예쁘니 #빨리대답해 #지금망설였니

그래도 나는 행복한 사람

새벽 수유를 하고 아기가 스르르 잠들었다.

잔다…!
내 쭈쭈 칭찬해…

z z z

방 안에 내 품 속에서 잠든 아기와

옆에 누워서 자는 남편의 숨소리가 가득하다.

콧구멍
찌르고 싶당.

쌔 액 쌕 액

새근
새근

와… 이 상황이 행복하다니.

나는 정말 행복한 사람인가 보다.

z z z

z z z

아 근데 눕히다가 깨면 전쟁 시작.

쭉쭉이 작전마저
실패라니…!

툇!

내가
재울께—

#제발 #믿었던 #쭉쭉이 #너마저 #새벽5시 #강제하루시작

187

귀여운 미니 깡패

아기가 이제 손을 쓰는 법을 익히고 있다.

빠 ....

매일 아침
손 잘있나
확인 중!

아기 손
잘 붙어 있어~?

장난감을 손으로 잡고 놀고 싶어하는데,

안 닿으면
대분노!!!

빠
아
아
아
아
우
우

제일 좋아하는 장난감은 나다.

머리
쪼갱이

안경
납치

멱살

뺨치기

내가 귀여운 깡패를 낳았구나...^^

네가 좋으면
나도 좋아 ...

뿌오오옥!!!

#때리고 #꼬집고 #물어뜯는 #무서운 #미니깡패

엄마는 재롱둥이

아기가 품에서만 자고 놀던 시기에는
하루 종일 아기랑 붙어 있었다.

인간
바운서

인간
밥통(?)

인간침대

이제 아기가 제법 의젓해져서
혼자 놀 때 집안일을 할 수 있다.

그 정도 엄마짬밥은
됐지~! 엣헴!

여보-
대단해!

아기는 집안일을 하는 나를
신기하다는 듯이 구경한다.

주먹고기
짭짭짭

엄마 빨래
너는 거 보네~
재밌어?

씰룩

씰룩

문득 깨달은 내모습이
장하면서도 부끄럽다.

왜…
모든 일을
충추면서 하고-

모든 말에
음을 붙이고
있지- ㅋㅋㅋ

#엉덩이룰 #이쪽저쪽 #씰룩씰룩 #엄마는댄스가수

189

수면도 교육이 되나요?

아기를 울리기가 겁나서 엄두도 못 내던
수면 교육을 해버렸다. (안눕+쉬닥법)

잠습관이
정점 엉망....

더 크기 전에
해보자!

첫 시도 때 들은 아기의 강한 울음소리는
정말 듣기 힘들었다.

괜히 하나,
하지 말까.

미안해서
못 하겠다.

안될까?
달래주자
....

아...?
잔다...!

근데 하루만에 느껴지는 변화가 엄청나서
관둘 수가 없었다. 다행히 3일차부터 안 울었다.

호우ㅠ!

기적인가
...!!!

낮잠시간 연장. 수유텀 회복. 새벽에 혼자 잠듦. 태평 사라짐.

막상 아기가 누워서 잘 자니 아쉽다.
이렇게 엄마 품에서 한 걸음 멀어지는구나.

깨어있을 때 더 많이
안아줘야지-

쿨어

#수면교육 #고맙고미안해 #잘자야잘큰다 #잘자라우리아가

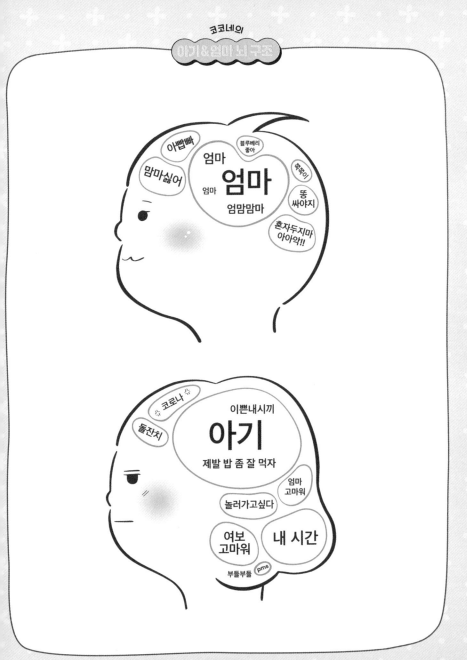

낮가림 시작!?

아기가 나를 알아본다.
남편과 있을 때 울다가 날 보면 뚝!한다.

아빠무뚝...
엄마가 최고구나☆
엥...?

혹시 너무 나랑만 붙어있나 싶어서,
여러 사람들을 두루두루 만나게 하고 싶은데...

코로나 ...ㅠㅠ

남편도
주말 외엔
하루 1시간 봄...

아쉬운 대로 손인형과 까꿍책으로
역할 놀이를 하고 있다.

까꿍!!
안녕!!

난 엄마가 아니다. 엄마가 아니란다. 엄마노노

엄마 알아봐 주는 건 감동이지만,
찐득한 껌딱지는 쪼끔 겁나 ....

나가면
엄마랑
노는 것 보다
재밌어
할 텐데...

코로나 끝나면
많이 놀러가자!

푸흐-

#낮가림 #아빠싫어 #엄마좋아 #껌딱지예약 #코로나언제끝나

첫 감동의 눈물

#언제 #이렇게컸지 #꼬까신 #폭풍감동 #눈물줄줄

아기의 재발견

-육아를 하면서 느낀 신기한 아기 모습-

어구~
내가 다
시원하네-

꺽!

뽜악!

1. 트림이랑 방귀소리는 어른인데?

쪼끄만게
빨리도
자라네...

쓰윽

싹~

싹~

2. 손발톱 왜 이렇게 날카로워?

으오아?
쌌어-?

물물교환...?
'젖 주고 똥 받아라'
뭐 이런거니ㅋㅋ

부르르
르륵

꿀꺽...
응...!
꿀꺽-흑!

3. 왜 맨날 먹으면서 싸...?

이 세상 귀여움이
아니다-!!

4. 이렇게 귀여울 수가 있나?

#먹고싸고 #숨만쉬어도 #귀여워 #콩깍지 #도치엄마아빠

194

생후 4개월

엄마의 재발견

-육아를 하면서 느낀 신기한 내 모습-

1. 머리카락이 이렇게까지 빠진다고?

골격부터 달라...

2. 임신 전이랑 똑같은 몸무게라고?

까!!! 우리아기!!

오구오구 이뻐라!!

애교 애교

3. 나한테서 이런 목소리가 나온다고?

아침형 개미

4. 내가 이렇게 부지런했다고?

#게으름뱅이 #개과천선 #엄마체질 #그건아니야

195

생후 4개월

초 예민 덩어리

여유롭고 온화한 엄마가 되고 싶은데
현실은 초예민예민예민 덩어리다.

꺄
오
오 - !!!

내 시끼
건드리지
마쇼 !!!

내 일이라면 그냥 넘어갔을 일에도
민감하게 반응하게 된다.

쿵

쿵

아기
자는데 …

늦은 밤까지
시끄럽다 -.

PM 11:30

이건 모성애인가 아니면 그냥
내 성격이 더러운 것인가…

후비적

후비적

송곳 같은 예민함아,
누그러져라 누그러져라…..

예민함이
나쁜 건
아니지만

뭐든지
지나치면
안 좋은데-

#뾰족뾰족 #공격대상 #남편 #오늘도 #융단폭격 #으다다다다

196

생후 4개월

아기의 도약, 엄마의 무너짐

잊을만하면 찾아오는 원더윅스.

부모에게도 아기에게도 힘든 시기이다.

울고
안 먹다
많이 먹다
안자고 난리…

악!
앙, 우앵!!
앙!

아기가 신체적·정신적으로 급성장을 하면서

낯설고 불안해서 보채는 거란다.

엄마아빠
품에서는
안심이야…

근데 왜
안아줘도
우냐…

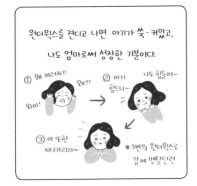

원더윅스를 견디고 나면 아기가 쑥-커있고,

나도 엄마로써 성장한 기분이다

① 왜 이러지!!
왜!!!
와이!

② 아기
힘드니…
나도 힘들어…

③ 이 또한
지나가리라~

※ 3번의 원더윅스로
강제 멘탈단련

우리는 한 팀! 같이 쑥쑥 자라자!

다음 원더윅스까지 몇 주간은 깔깔 웃기 주간!!!

#원더윅스 #급성장기 #아기도힘들고 #엄마도죽겠고 #힘내자

197

생후 4개월

네가 웃으면 나도 좋아

아기가 날 보고 웃는다.

보기만 해도 행복해지는 순수한 웃음이다.

여지껏 누군가 날 보고

이렇게 맑게 웃어준 적이 있었던가.

나 어릴때
엄마아빠가
웃어줬겠다-

엇, 먼가
슬픈데…

아기가 웃는 순간, 그냥 행복해진다.

모든 잡생각이 씻겨 내려간다.

하루종일
울고 보챈거
다 까먹었다!

헤헤헤

어쩌지, 너무 사랑스럽다.

한번만 더
웃어줘-

호홓홓
호

우쭈쭈
꾸꾸!!

…!?

✻ 크게 소리내는 웃음이 비싸다-

#까르륵 #행복한웃음 #천사인가 #웃어줘 #더웃어줘

198

아기들이 달라요

우리 부부는 평소에 큰 목소리를 잘 안 낸다.

음마!

아기도 조용조용한 편! (가끔 돌고래소리ㅋㅋ)

반면에 언니네 부부는

쾌활하고 시끌벅적하다.

으쌰

으쌰

조카도 흥이 많고 발랄하다.

큰 소리가 낯선 코코는 언니네 집에

처음 놀러간 날 대성통곡을 했고,

아가!!
아유 예뻐!!

히잉

조카는 내가 재미없는지

나를 안 좋아한다.. 시무룩.....

몸으로 놀아 주는
남편은 인기 최고.

#조카야 #이모재미없니 #같이놀자 #이모시무룩 #남편은땀뻘뻘

엄마의 성장통

아기의 성장을 지켜보면 복잡한 마음이 든다.

기쁨

대견

불안

아쉬움

마음 편하게 늦하다가도
한편으로는 불안하고.

뒤집기해?

아직~
때 되면
다 하겠지!

그러게
좀 늦나...?

막상 새로운 걸 해내면 시원섭섭하다.

와아!!

뒤집기
성공!!!
되집기
지옥!!

에고...

이제 누워만
있는 시기 끝이네-

빨리 자라면서 천천히 크면 좋겠다.

헤에...

엄마는 벌써
따라가기가
조금 벅차...

끙!!
끙!!

#그래서 #되집기는언제할래 #그것만하고 #천천히커줘

200

우리 집 근육몬

우리집 아기는 하루를 거의 누워서 보낸다.

뒤집기머신 →

아직 되집기 못함^^ ....

그냥 대자로 누워있으면 편할 텐데

자세가 진짜 요지경이다.

다리
접기

허리
꺾기

누워서도 끊임 없이
탐색+운동!!!

괜히 옆에 누워서 따라 해보게 되는데…

불

편

해

와씌... 우리 아기 튼튼하구나.

이게 그냥
말랑살이 아니었어!

근육 보소!!!

유연해!!

#요리조리 #아기요가 #유연함 #엄마는뻣뻣 #통나무

201

어쨌든 행복

육아는 내 마음대로 되는 날보다 안 되는 날이 훨씬 많다.

7:3…? 아니 8:2!!

얼얼걸린 2의 짜릿함…!

8 : 2

나도 사람인지라 힘들고, 자책하고 속상한 날도 많다.

내가 못나서…

아기가 운다…

고생한다아…

내 탓 할 필요 없는거 알면서도 이런 날이 있음.

누군가 이런 하루가 행복하냐고 묻는다면

0.3초 만에 대답할 수는 없지만

요즘 행복해?

?

누가?

행벽…?

10번 물으면 10번 다 행복하다고 대답 할 수 있다. 그럼 됐다.

힘든건 힘든거고!!

행복은 행복이다!!

#힘들어도 #행복할수있음 #0.3초 #나는엄마다 #엄마는행복하다

아기가 태어나고 저는 그 순간부터 엄마로 변신을 해야 했어요.

저의 능력이 얼마나 되는지는 중요하지 않았습니다.

그저 저는 이제 막 게임을 시작한 레벨 1이라, 손에는 나무막대기를 들고 있는데

보스 몹이랑 싸우라는 느낌이었어요. 그것도 품에는 보석을 안고 그것을 지키면서요!

이게 쉬울 리가 없지요.

그래도 매일 부딪히고 좌절하면서도 레벨이 높아지고 있나 봐요.

점점 육아가 잘 풀리는 것 같은 하루가 생겨나더니, 어느 날은 드디어

보스 몹을 무찌른 것처럼 완벽한 기분을 느낄 때도 있었습니다.

이런 제 모습은 참 뿌듯했지만, 그건 사실 엄마로서의 감정일 뿐이에요.

저 자신은 지금 꼬깃꼬깃 접혀서 구석에 박혀 있지요.

솔직히 예전의 제가 봤을 때 지금의 저는 행복하지 않은 것 같아요.

아무것도 하지 못하고, 그저 집에서 육아만 하고 있는데 어떻게 행복할 수가 있겠어요!

그런데 행복합니다!

'이게 어떻게 행복할 수 있나?' 싶은 마음이 드는데, 그래도 행복해요!

원래 거친 사막에서 피는 꽃이 더 아름답다고 하잖아요.

육아는 정말 힘들지만, 사랑스러운 아기를 보고 있으면 사르르 녹지요.

요즘이 제 인생에서 최고로 힘들고, 최고로 행복합니다.

정말 저도 신기할 정도랍니다.

일희일비 육아

5개월 된 아기와 나의 관계는
주로 나의 일방적인 애정 쏟기이다.

아기는
누워만
있으니까!

노래면
노래!!

엄마가
재밌게
해줄게!!

춤이면
춤!

이런 나를 보고 씩- 웃어주면
단번에 행복해지지만,

히아

히익

헤엑

헤엑

배방귀와 간지럼이 잘 먹혀서 진탕 하고 나면 이꼴.

유난히 나를 보지 않는 날에는
육아 자신감이 곤두박질친다.

우리 사이
괜찮은 거니…!!

엄마가 뭐
서운하게 했니!!

어서 엄마라고 불러 줘.
안겨 줘, 뽀뽀해 줘, 좋아해 줘.

쪽쪽

쪽

어서
너한테

사랑받고
싶당…♥

#일방적사랑 #유리감성 #육아자신감 #짜릿해 #너의온도차

이유식 준비 완료!

아기가 이유식을 시작할

준비가 되었는지 관찰하는 중이다.

완모는
좀 천천히해도
괜찮지만

180일부턴
소고기!!
철분!!!

숟가락을 입에 대보면

혀로 밀어내지 않고 입에 물고,

?
??

함냐!!

눈 앞에서 음식을 먹으면 빤히 쳐다본다.

곧 시작해도 되겠다!

얼…
부담…

챱
챱

이유식 하려면 번거롭겠지만 기대된다.

아기새처럼 귀엽겠지?

어서 크렴!

떡뻥
나눠 먹자!

#똥손엄마 #뱉어도이해할게 #이유식준비 #오예 #쇼핑이다

의욕 활활! 이유식 준비물!

제가 준비한 것들이 필수는 아니에요.
집에 있는 걸로도 충분히 가능하지만
괜히 욕심부리면서 구입한 것도 있습니다.
가볍게 참고만 해 주세요!

이유식 용기

수저

후기까지 쓰려면 240mL 추천!

턱받이

실리콘이나
면 보다는
방수턱받이가
굿!

자기주도용 그릇

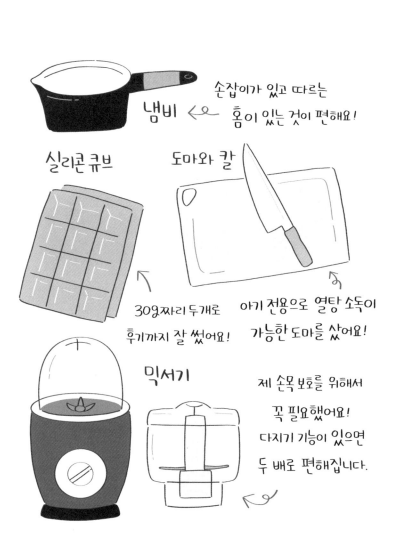

냄비 ← 손잡이가 있고 따르는 홈이 있는 것이 편해요!

실리콘 큐브

도마와 칼

30g짜리 두개로 후기까지 잘 썼어요!

아기 전용으로 열탕 소독이 가능한 도마를 샀어요!

믹서기

제 손목 보호를 위해서 꼭 필요했어요! 다지기 기능이 있으면 두 배로 편해집니다.

보들보들, 아기 피부

아기는 피부가 정말 좋다.
모공 하나 없이 보드랍다.

그런 아기를 매일 보다가
남편과 내 얼굴을 보면…

어머나…?

쪼글
쪼글

울퉁
불퉁

모공
뻥뻥

우리는 함께 늙어가는 사이라는 것이
절절하게 느껴진다.

흐으아…
징그러…

처음 만났을 때
아기였는데~

아유~!

아기야, 너의 곱디고운 피부가
부럽긴 부럽다.

비단결에
비벼나 보자!

일로와~
일로와~!

#통통한볼살 #딱한번만 #깨물어보고 #지옥가겠습니다

코코네의
육아 Tip

매일 해도 좋아하는 간단한 애착놀이

거즈손수건 까꿍놀이

까꿍!

신생아~돌까지 꾸준히 좋아한 놀이에요!
대상영속성 발달에도
도움이 된답니다!

아빠 Pick!!
사랑해 배마사지

아기 배꼽을 중심으로 ILU 글씨를 그려줘요!
아기의 장운동에 도움이 됩니다.
코코는 가끔 깔깔 웃었어요!

입 방귀 놀이

아기의 배에 입을 대고 부~ 바람을 불어요.
소화에도 도움이 되고, 아기가 간지러운지 꺄르르 웃어요.
배, 옆구리, 발바닥 등 어디에 해도 반응 굿!!!

사람 냄새 나는 우리

남편과 언젠가부터 자연스럽게
아주 편한 사이가 됐다.

응급상황 발생!!

??

똥쓰
똥쓰?!

둘 다 퍼지고 늘어진 모습으로
변해가는 중이다.

... 나는
총체적난국
ㅋㅋㅋ

내 뱃살
어쩌지
ㅋㅋㅋ

그래도 여전히 설레는 건.
변하지 않은 것들 덕분이다.

육퇴
뽀뽀

취침
뽀뽀

고마워!

사랑해!

우리 사람 냄새나게 잘 살고 있다. 그치?

#현실부부 #사람냄새 #으냄새 #고마워 #사랑해

잘 때가 제일 예뻐

아기가 자는 모습은 천사다.

진짜 다른 말로 표현할 수가 없다.

좁쌀 이불로
납_작!

자면서 많이 꼬물거리는데

그게 너무 좋아서 옆에 누워 바라본다.

엄마 손
잡앙…

헤헷! 웃을 때는 나도 웃고

에엥! 찡그릴 때는 나도 삐죽인다.

좋은 꿈
꾸나 보다!

아까 울었던 거
생각나나…!

진짜 귀엽다. 그러니까…

쫌만 더 오래 자 주면 안 될까?

35~45분
칼잠
뭐야…

?!

시계야
뭐야…

#새근새근 #너무예뻐 #좋은꿈꿔 #앗벌써깼네

211

외로운 독박육아

우리 부부는 결혼을 할 때 타지에 자리를 잡았고,

고향 안녕!

새출발!!

가족들이 사는 곳이 멀어서 마음대로 오갈 수 없다.

양가가 5분 거리인 건 좋다!

친구들도 멀리 살아서 집 근처에 아는 사람이 아무도 없다.

only 우리 가족!

가족이자 베프!

그래도 아무렇지 않았었는데 육아하면서는 좀 외롭다.

고독하다

아빠!!

#고독한육아 #사람이그리워 #우리엄마 #우리아빠 #보고싶다

엄마가 돼서 보는 세상

아기를 낳아야 진짜 어른이 된다는

말에는 동의하지 않지만

각자의
다양한
삶이 있을뿐!

아는 만큼 보인다는 말에는

전적으로 동의한다.

끄덕
x100

끄덕
x100

끄덕
x100

끄덕
x100

아기와 함께 길을 걸으면

여태껏 보이지 않았던 세상이 보인다.

짧은
신호등

울퉁불퉁한 길

고생하는 부모들ㅠㅠ…

앞으로도 쑥쑥 자라는 아기와 함께

내 세상도 넓어져가겠지? 재밌겠다.

네가 보는 세상은 어떨지 궁금해!

#엉망진창 #아름다운세상 #아기와함께 #즐겁게살자

똥 손 엄마

내가 어릴 적 엄마는 언니와 나의 머리를
항상 예쁘게 묶어 주셨었다.

눈꼬리
바짝!!

잔머리는
불허한다!

나도 엄마가 해주셨던 것처럼
아기 머리를 예쁘게 묶어 주고 싶었다.

숱부자
우리딸~!!

사과머리
해볼까~?

헹

응…?

으응…?

걸쭉~

꾸

예?

으으응?

똥손 엄마라 미안하다ㅠㅠ

하씌…
초조하다
……

뭐가
문제지……

#찌그러진사과 #귀여워 #귀여운데 #뭔가이상해 #뭐가문제지

이제는 금손 엄마! 코코 머리 묶는 법!

똥손도
OK!

아기용 고무줄은 필수!
엄마 손에 물을 좀 묻히면 편해요.
처음엔 어려워도 연습하면 늘어요!

아기가 움직이니 뭔가에 집중 시켜 놓고 묶어요! 안 그러면 질질 끌려다녀요

앞머리~정수리 부분을 잡아서 묶으면 끝!

코코가 거의 매일 하고 있는 머리!

사과 머리

숱이 많은 아기 머리를
깔끔하게 묶으려면
고무줄이 많이 필요해요.

고무줄 부자 머리

아기 머리가 길고, 숱이 많으면 땋아주면

진짜 예뻐요! 앞머리 땋기, 양갈래 땋기,

딸기머리   디스코 땋기 등 방법도 무궁무진!!

아기의 먹텀

지금 아기의 수유텀은 4시간 정도이다.

대략 이정도!?

목욕 후 보충

이유식

모유수유지만
나름 규칙적!

2시간 텀이었던 신생아 시절에 비하면

엄청 수월해졌다.

신생아의 하루

맘마

트림

잠

점점 먹텀이 길어진게 기특한데,

그럴 수밖에 없는 게...

나보다
공복시간이
길다!!

찡긋!

터진 입은 어떻게 막을 수 있는걸까...

나는
텀이고
뭐고...

오독
오독

하루종일
처묵...

#엄마는 #하루종일 #입텀 #우걱우걱 #냠냠 #먹는게제일좋아

멘붕이 일상

지금 나는 매우 당황한 상태이다.

꺼먹

텅텅

머릿속이

아기가 이유식을 먹고
쭈쭈를 더 먹다가 응가를 했다.

이유식 정리 못함
↓

부르릉!

반대쪽 쭈쭈가 새는데
손수건에 손이 안 닿음
+발

근데 빨래가 다 됐다는 알림음이 들리고,
아기는 졸려운 지 눈을 비빈다

아, 맞다!

그 와중에
트림하다
딸꾹질…

띵똥
따로리롱♪

히밍~
히꺅

…누가 저 좀 도와주세요…?

똥부터
닦아주고

빨래는
꺼내만놓자

젖이
샌게
대수냐

설거지는
이따!

혼자 좀 자 줄래…?

딱꾹!

썸바디헬미…

#하나하나는 #별일아님 #한번에터지면 #강력한멘붕 #이게일상

첫 이와 이앓이

아기의 첫 이가 나오고 있다.

아랫니
2개가 뿅!!

응-아!

쌀알만한 작은 치아 두 개에

이앓이가 대단하다.

어금니
두렵...

완전
설잠자네...

토닥

토닥

잇몸이 불편한 아기를 위해

내가 할 수 있는건 다 해보고 있다.

냉장고에 넣어뒀던
치발기

잘 때 손잡아주기
&
안아주기

잇몸
마사지

+크림 해열제·캔디도 있으나 아직은...

예쁜 아랫니야,

우리 아기 안 힘들게 어여 나와주렴.

그리고...
아기가
내 쭈쭈

안 깨물게
해주라...
아파 ᅳ ᅳ

#쌀알만한 #첫번째이 #기특해 #쭈쭈단두대 #개봉박두

218

코코는 첫 이부터 이앓이가 제법 있는 편이었어요.

낮에는 괜찮았는데 밤만 되면 잘 자다가도 자지러지게 울고,

안아서 달래 봐도 그치지 않아서 처음에는 영문도 모른 채 정말 당황스러웠습니다.

'혹시?' 하는 마음에 입안을 보니 윗니가 나오려는 지 잇몸이 부었더라고요.

며칠 뒤에는 하얗게 구멍이 보였고 좀 더 시간이 흐르자 드디어 이가 잇몸을 뚫었어요.

이가 까슬까슬하게 만져질 정도로 올라오고 나서야 이앓이가 끝났습니다.

아기들의 유치는 어금니까지 모두 나려면 30개월 정도가 걸린다고 해요.

약 6~7세 무렵부터 유치가 빠지기 시작하고 12~15세 때 영구치가 난다고 하네요.

어휴… 우리 코코는 아직 한참 멀었네요. 정말 까마득합니다. 하하.

저는 코코가 밤에 잘 못 자고 계속 깨서 울 때에는 짜증을 낸 적도 있었는데

'내가 뭔가 해줄 수 있는 게 있을까?'를 생각했더니 조금 덜 힘들게 느껴지더군요.

아기는 자기가 왜 아픈지 영문을 모르니까 더 당황스럽고 힘들겠지만,

엄마 아빠는 원인을 아니까 여러 방법으로 아기의 이앓이를 완화시켜 줄 수 있어요.

아기들의 첫 이가 예쁘게 올라올 수 있도록 아기들도 힘을 내는 것처럼,

부모님들도 힘 내세요! 파이팅! ^^

코코야, 힘내! 이앓이 극복템 !!!

이앓이 증상!

1. 잘 자던 아기가 자다가 갑자기 운다.
2. 칭얼칭얼~ 식사를 거부하기도 함.
3. 침을 평소보다 많이 흘린다.

냉장고에 넣어뒀던 시원한 치발기는
통증 완화에 도움이 돼요.

밤잠에 들기 전에 손가락 칫솔이나
멸균티슈를 사용해서 마사지를 해줘요.
아프지 않게 잇몸을 살살 눌러줍니다.

자일리톨 성분의 작은 캔디! 이가 아픈 아기가 울 때
5알 정도 입 안에 넣어주면 순간적으로 울음을 그쳐요.

이가 날 때 열이 나는 경우도 있어요.
진통제 효과도 있으니 너무 힘들어 할 땐
해열제를 먹이는 것도 괜찮아요.

♥ 가장 좋은 건 평소보다 많이 많이 안아주기 ♥

힘내요 육아동지

요즘 밤마다 같은 아파트 어느 집에서 아기 울음소리가 들려온다.

오 …!

타임 투 크라잉…

밤잠 들기 싫어하는지 9~11시 사이에 으앙!!!

예전 같았으면~

아기가 왜 울지~

어디가 아픈가…

아이고~

이랬겠지만

우리 집에도 아기가 있는 지금은 이렇다.

엄마아빠 파이팅…!

부디 오늘은

빠른 육퇴 하시길…

아이고, 우리집 아기도 우네 ^^ ….

응애!!

나도 파이팅!!

#울지마아기야 #내적동질감 #힘내요 #윗층엄마아빠 #나도힘내자

남편 팬픽

연애할 땐 나랑 결혼하고 싶어서

잘해주나 생각했고

별따다 줘!

그건
못해
...^^

칫

결혼하고는 언제까지 잘해주려나 했다.

사랑인데
지칠 법도 하지~...

어떻게
맨날 착해~

임신을 하고선 아기를 낳고 나면

변하겠지 했었는데 변하긴 변했다.

여보,
손목아껴.

내가
있을 때는
내가할게.

내가 생각했던 그 이상으로 더 자상하게.

이제 어쩔 수 없다.

평생 기대할 거야. 계속 잘해줘.

이제 와서
변하면!

분노의
똥.침!

#착한남편 #자상한남편 #로봇인가 #전생에나라구한사람 #나야나

222

수상한 사람

혹시 동네에서
이런 사람을 보신 적이 있나요?

검정모자 · 마스크
검정 운동복 · 어쩐지 요란한 양말

그 사람이 아파트 단지 내에서
한참을 서성이고.

느릿~ 느릿~

유모차를 끌고 있다면 …!
그 안에서 아기가 자고 있다면 …!

꾸에에 … 끄어…

그 사람… 아마도 접니다ㅋㅋㅋ

낮잠투정의 귀환…

덕분에 강제 1일산책…

#우리동네 #수상한사람 #시커먼엄마 #남잠투정 #강제산책

223

출산할 때 배는 못 낳나?

출산 이후에 하체가 허하고 시리다.

그래서 레깅스와 양말은 필수다.

어깨에
손수건

← 아시죠^^…
단추는 거들뿐!

따뜻해♥

배가 편해서 출산 후에도 계속 입던

임부 레깅스가 요즘 헐렁해졌다.

올…! 　　신나는데…!

쭈ー　　ー르
　　ー즉

조금 들떠서 일반 레깅스를 입어봤는데…….

소시지…?

… 쭈르 ….ㅜㅜ

거만했다.
나 자신…

#출산할때 #뱃살은못낳나 #아무래도 #뇌는낳은것같은데

224

Q 출산하면 배가 예전처럼 들어가나요?
A 아니요, 절대 아닙니다!
Q 모유 수유하면 정말 살이 잘 빠지나요?
A 아니요, 절대 아닙니다!!

아기를 낳으면 어느 정도 배는 들어가고, 몸무게도 줄기는 하겠지요.

그래도… 짐작은 했지만 휴… 임신 전으로 돌아가려면 운동을 해야만 해요.

운동을 한다고 해도 이미 벌어진 갈비뼈와 골반 때문에

아기를 낳기 전에 딱 맞았던 옷은 이제 못 입는다고 봐야 합니다. ㅠㅠ

뭐, 물론 안 그런 사람도 있겠지요!

그런데 저는 이제 임신 전으로 돌아가기는 글렀어요. ㅠㅠ

그리고 저는 아기 낳으면서 뇌를 함께 낳은 것이 확실해요.

저 원래 제 물건 잘 챙기고, 절대 물건 잃어버리지 않는 성격이었거든요?

그런데 지금은, 아기 예방접종을 할 때마다 필요한

아기 주민등록번호 숫자 7개가 죽어도 안 외워지고요,

생활비 카드는 한 달에 세 번 잃어버려서 재발급을 받았고요,

핸드폰은 매일 찾다 헤매서 결국에는 끈을 달아서 목에 걸고 다녀요. ㅠㅠ

왜, 엄마들이 텔레비전 보면서 "쟤, 쟤 누구더라?" 하시면서

이상한 이름을 말하잖아요?

그거, 다 저희 낳고 키우느라 그러시는 거더라고요. ㅠㅠ

수도꼭지 열린 날

최근 아기의 이앓이와 잠투정,
휴무 없는 남편의 출근에 좀 지쳤었다.

빨간 날에
독박육아라니!!

지금은
아랫니가
올라옴

근데 남편도
불쌍해...

그게 별일 아닌 거에 터졌다.

그래서 울었다.

콸콸은
아니고

줄줄...?

나도 안다. 남편과 아기는 죄가 없다.

그렇다고 내 잘못도 아니다.

이것 또한
지나가는
과정일 뿐...

하지만
눈물이
멈추지 않아-...

꾸역꾸역 쌓인 것들이 정리 안 된 채로
넘쳐 흘렀고, 마침내 비워졌다.

훌쩍

개 —

— 운!!!

#독박육아 #쌓인피로 #쌓인눈물 #다쏟아냄 #개운하다

눈물샘이 터진 이유는 아주 사소한 거였어요.

아기 낮잠을 재우다가 같이 잠이 들었는데, 글쎄 너무 푹 잔 거죠. 둘 다요!

해가 깜깜하게 저문 늦은 오후에 깼는데, 그게 너무 속상하더라고요. ㅠㅠ

주말이라 남편은 다른 방에서 쉬고 있었는데 왜 깨우지 않은 것일까요?

남편은 '오랜만에 푹 자네. 잘 자니까 깨우지 말아야지...'라고 생각했다는데,

그 마음조차 저는 괜한 핑계로 느껴졌어요.

저는 평소에는 잘 울지 않는 성격이거든요?

그런데 눈물이 나고, 제 의지로 눈물이 멈추지도 않으니까 미치겠더라고요.

근데 울다 보니까 좀 마음이 풀리는 게 느껴지더라고요.

그냥 말도 없이 주저앉아 속 시원할 때까지 계속 울었어요!

200일 정도 애쓰면서 아기를 봤지요.

처음이라 모르는 것 투성이었고, 아기는 내 마음대로 되는 것이 아니었는데도

모성애 하나만 가지고 그것을 이겨내려고 했던 것 같다는 생각이 들었어요.

누구의 잘못도 아니지만 엄마 마음속에는 알음알음 시커먼 구정물이 늘어가요.

아기는 육체의 고단함도 잊을 만큼 너무나 사랑스럽지만,

너무 지치면 아기가 예쁘게 웃어도 저는 무표정으로 아기를 바라볼 때도 있었고요.

그런데 그렇게 한 번 울고 나니 다시 또 개운한 마음으로 육아를 할 수 있게 되었어요!

언젠가 또 힘든 시기가 찾아오기도 하겠지요?

그러면 또 시원~하게 울어 버리지요, 뭐! ^^

둘째 계획?

#둘째 #있을수가 #없을무 #플라토닉사랑 #찐한우정

결혼하기 전에는, "결혼은 언제 하니?"

아기를 낳기 전에는, "아기가 있어야지~ 아기는 언제 가지려고?"

아기를 낳은 후에는, "하나만 있으면 외로워~ 이제 하나 더 낳아야지?"

딸이란 사실을 안 후에는, "아들딸 하나씩 있으면 좋겠네! 아들도 낳아야지?"

이러다 둘째도 딸이면 "셋째는 아들을 꼭 낳아야지!"라고 하겠지요?

오히려 부모님들은 이런 말들을 하지 않는데, 별로 상관도 없는 주변에서 더 난리예요.

세상이 많이 바뀌어서 요즘에는 많이들 조심한다고는 하는데,

그래도 몇몇 분들은 관심을 이런 식으로 표현하더라고요.

안 그래도 둘째 고민은 저희 부부가 잔뜩 하고 있습니다!

첫째는 뭘 잘 모르고 낳았기에 둘째는 더 고민이 되더라고요.

낳으면 너~무 예쁠 것 같기는 한데, 아직은 자신이 없어요.

그런데 아예 마음을 싹 접기에는 미련이 남고요.

급할 것은 없으니 천천히 고민해보기로 했는데, 사실 고민만 하고 있네요.

아니, 고민할 필요도 없어요.

절대 안 생겨요… 아니, 생길 수가 없어요.

육아로 인해 체력 방전이 된 남편과 저는 현재 플라토닉 사랑 중이니까요. 헤헤.

229

생후 6개월

너무 빨리 자라지는 말아줘

#앉고기고 #잡고서기 #한번에클리어 #근데 #되집기왜안해

콩 심은 데서 콩 난다

아기가 징징거리는 포인트는 나랑 비슷하다.

네가 누구를 닮았겠니..

항 항

← 본능에 충실함

자면서 엄마 냄새를 찾는데, 나도 연애시절 남편이 빌려준 카디건 냄새를 맡으며 잤고.

콩 콩 킁 킁

오빠님 ...♡

졸릴 때는 몸을 비비꼬는데 나도 온몸을 뒤틀어 편한 자세를 잡는다.

낑낑

낑 낑

그리고 배고플 때 아기의 짜증은 나에 비하면 ... 애교임^^

놓!! 기브미 탄수화물!!

초코...?

#공대생남편 #초콜렛공식 #공복에는탄단지야 #탄수화물단백질지방

231

말 한마디의 힘

#둘다 #애쓰는중 #말한마디에 #자존감만렙 #고맙다 #고마워

세상 모든 엄마 아빠는 육아가 힘들 거예요. 당연하지요.

첫째는 처음이라서 힘들고, 둘째는 또 새롭게 시작하니 힘들고,

쌍둥이나 셋째, 넷째 엄마 아빠는 그저 존경스러울 따름입니다. 하하.

아기를 키우고 있는 엄마 아빠는 너무나 잘 알지요.

그런데 이 고생을 사회는 참 당연하고 별거 아닌 것처럼 여기는 것 같아요.

어디 가서 "애 때문에 힘들어 죽겠다."라고 앓는 소리를 하면

"다 그러고 사는 거지~" 하면서 좋은 소리 듣기 힘들거든요.

그 말이 물론 맞기는 맞지요.

그래서 다들 힘내서 살아가는 거겠지만, 그렇다고

힘든 것이 안 힘들게 되는 것은 아니지요.

이럴 때는 항상 함께 있는 배우자의 말 한마디가 참 힘이 됩니다.

서로의 고생을 당연하게 여기지 않고, 어려움을 격려해주고,

고맙다고 표현해 주는 것만으로도 어깨가 으쓱으쓱 자존감이 하늘로 치솟지요!

말 한마디 하는 거 어려운 일 아니잖아요?

"여보, 고생이 참 많아. 항상 고마워!"

233

구석구석 사랑스러워

너는 잔머리가 참 예뻐.

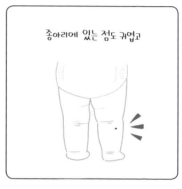

종아리에 있는 점도 귀엽고

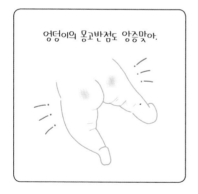

엉덩이의 몽고반점도 앙증맞아.

정말이지 구석구석 사랑스럽지
않은 곳이 없구나.

#요리보고 #조리봐도 #음음 #너무예쁜 #내새끼

234

생후 6개월

할머니의 손녀사랑

아빠엄마 집에 가면 항상 놀란다.
너무 깔끔하다!!

우리집은
머리카락
소굴인데...

← 범인1
(장모요괴)

범인2
(배냇머리
요정)

아기랑 거울을 보며 놀다가
깨~끗한 거울에 손자국이 났다.

에그머니나...

꺄아!!!

엄마가 거울이나 창문에 자국나는 거
싫어하신다. 그래서 빠른 사과 🍎

할모니

거울에 손도장
찍혔어여...

응?

꺄!!!

어어, 발도 찍어.
엄마 그거 안 닦을거야.

진짜?

응.찍어!

진짜 찍고옴. 진짜 안 닦으심. 헤헤

#다음에 #또찍어야지 #도치할머니 #내손주 #우쭈쭈

235

머리카락 침입사건

다 된 이유식에 머리카락을 빠트렸다.

하 ·····!
두피야
머리카락
꽉 안잡니···

이 난장판을 정리하고

다시 만들어야하나 10초 정도 고민하고

· · · · ·여 · · · · 아

흐린 눈으로 머리카락을 건졌다.

흐흐흐···
괜찮아ㅡ···

드물게 오늘
머리 감음···

아기야, 엄마가 미안···

우리 아기 그래도 건강하자!

아-
아-!!

야호!!

잘 먹네
~!!

#오늘의이유식 #머리카락단백질추가 #면역력증진 #냠냠 #잘먹네

아기는 사랑, 육아는 노잼

#애교쟁이아기 #너무예뻐 #근데 #시간이안가 #시간과공간의방

소소하고 고마운 행동

남편에게 진하게 고마운 순간은
생각보다 소소하다.

예를 들면 빵을 나눠 먹을 때
크림이 꽉 찬 가운데 부분을 날 준다던가

착한 사람!!

자!!
이거 먹어!

캔 음료를 건네줄 때 톡!
뚜껑을 따서 주는 순간이다.

자!!
이거 마셔!

소소하지만
당연하지 않음을 알기에 참 좋다.

알아! 못 할까 봐
해주는 거 아냐!

고맙지만
내가 할 수 있어!

#맨날 #하루종일 #엄마노릇하다가 #갑자기 #보호받는기분 #굿

뻔뻔한 아줌마

요즘 화사하게 꾸민 연인들을 보면
엄청 예뻐 보인다.

아고~
이뻐라!

우리도 저런
시절이 있었지~

반면에 상대적으로 수수해진
내 모습이 좀 쓸쓸하기도 하다.

우리 사진 찍자♥

에그-
싫어~!!

간만에
외출기념!!

??

왜 싫어?

나 너무 안 예뻐~
머리랑 옷이랑 막...
쭈글....

아니야!!
예뻐!!!

봐봐!!

그렇다. 아줌마가 된 나는 뻔뻔하다.

거봐~
누가
애엄마로
봐~

그러네...?
생각보다
멀쩡하네?

#아줌마 #진짜 #예쁜건아님 #진짜 #엄청 #뻔뻔한편

치열한 모성

직접 느끼기 전에는 모성이 이렇게
치열한 감정인 줄 몰랐다.

모성이란 포근하고 따뜻한
자애로움으로만 알았는데, 아니다.

이건 육아의
단맛부분...!

모성은 죄책감과 한 끗 차이고,
포기할 수 없게 만드는 인내심과 같다.

후~
다 서툴
내 탓이지...

힘내자-!!

※ 사실 가끔은 때려칠수 있으면 도망가고 싶음

끊임없는 걱정이고 송곳 같은 예민함이다.
정말 모성 덕분에(?) 육아한다.

아기는 예뻐도
육아는 노잼...

음마!!
음...!

#세상복잡한마음 #그건바로 #모성애 #오늘도 #애썼다

240

엄마마다 모성애를 느끼는 순간이 참 다르더라고요.

임신을 알게 된 순간, 병원에서 아기 심장 소리를 들은 날, 첫 태동을 느낀 날,

출산해서 아기를 처음 본 날! 제 주변 사람들의 이야기만 들어봐도 참 다양했어요.

그런 이야기들을 들으며 저는 '나는 모성에 엄격한 편인가...?'라는 생각을 했어요.

아기를 낳고 키우고 있으면서도 이게 모성인지 잘 모르겠더라고요.

아기를 돌볼수록 몽글몽글한 마음보다는 '이 아기는 내가 지켜야 해!'라는

필사적인 사명감이 솟아났습니다.

그러면서 나는 모성이 부족하다며 셀프 자책하는 것도 잊지 않았지요.

사실 아직도 제가 느끼는 모성이 무엇인지 명료하게 설명할 수는 없어요.

책임감, 예민함, 죄책감 그리고 사랑...

이 모든 것이 섞인 복잡한 마음이 아마도 제 모성인가 봐요.

다행인 것은 아기가 자라면서 제 몸과 마음은 더 건강해졌고,

아기와 정이 들면서 점점 사랑의 감정이 커지고 있다는 것이에요.

하루하루 아기가 무럭무럭 자랄수록 저의 모성도 점점 자라겠지요.

사람마다 성격이 다 다른 것처럼, 엄마마다 아기를 향해 느끼는 모성도 다른 게

당연한 것 같다는 생각이 듭니다. 그러니, 혹시 저 같은 엄마가 있다면,

'나는 모성이 부족한 것 같아...'라며 자책하지는 않기를 바랍니다.

모성이 부족한 것 같다고 고민하는 그 모습마저 이미 아기에게는 좋은 엄마니까요! ^^

생후 7개월

1차 영유아 검진

1차 영유아 검진을 다녀왔다.

아기가 잘 크는지, 뭐가 필요한 지 알 수 있다.

4개월~
7개월까지

7번!!!

+구강검진
3번

아기의 심장잡음이 사라지지 않아

접종 때마다 지켜보던 중이여서 떨렸다.

보통 별일
없다지만...
무섭...

←울까 말까~

· · · ·

눈 감고 오래
진지하게 들어주셨다.

다행히 잡음은 괜찮아졌다.

잘 크고 있어줘서 한시름 놓았다.

배밀이 하죠?

기고 앉고서요...

벌써요??

너무~ 너무! 잘 크고 있었다.

장하다 내 아기!!

그런데 밤에 너무 깨요...

아때가 그럴
시기이기도 해요.

이정도 발달이면
문제는 아니에요.

넵...

#키는평균 #몸무게 #뚠뚠 #오동통 #코코야칭찬해

242

힘들지만 행복해

육아를 하면서

"지금은 힘든 것도 아니야~."

"더 지나 봐라~."

라는 말을 진짜 많이 듣는다.

지금의 내 수고가 인정받지 못하는 기분이라

들을 때마다 허무하다.

아니!! 나 지금 힘든데!

완전 지금도 힘든데!!

그런데... 사실 틀린 말은 아니다.

쌓여가는 피로에 새로운 난관은 계속 생긴다.

일어나 ... 육아해야지 ...

골골골...

피곤

그렇다고 무너질 수는 없으니 즐겨야지.

길게 보면 짧고 소중한 지금 이 순간...!

아주 길~게 아주 멀~리 !

#육아는 #빠꾸없음 #근데행복함 #왜행복하지 #너무행복함

생후 7개월

모유수유 엔딩

6개월 동안 완모를 하면서 매일 신기했다.

내 몸에서 나온 젖으로
아기가 자란다고라?

신기해!
흐흐

모유수유는 쉽지 않았지만
젖을 물리는 순간은 애틋했다.

아유...
예뻐라~

엄마도
개운하게
많이
먹어줘!!

(젖양이 많아서 가슴이 항상 불편했다.)

오랜 생각 끝에 이제 분유와 혼합을 하면서
천천히 단유를 하기로 결정했다.

너마저...!
죄책감드네...

끝내기
아쉽기도 하고~

모유가
최고!

단유하지
말까~...

여보, 끝내는게
아니야.

다음 단계로
나아가는 거야.

그동안
고생
많았어.

흐에엥...

#단유 #분유수유 #너무편해 #설거지 #그까이꺼 #할수있어

아기를 낳기 전에는 들어본 적도 없는 생소한 단어인 "단유"!
모유 수유를 끊는 것이 단유인데, 모유 수유 시작보다 끝이 더 어렵더군요!
저는 5개월 무렵에 밤중 수유를 끊었더니 수유량이 확 줄었고
마침 이가 나서 간질간질한 코코가 유두를 깨물어서 피가 날 정도였어요.

단유는 단숨에 끊거나 시간을 들여서 천천히 끊는 두 가지 방법이 있는데
저는 직접 젖 물리는 횟수를 줄여서 젖을 말리는 천천히 끊는 방법을 택했어요.
코코는 젖병을 장난감처럼 가지고 놀았지만 절대 입에 물지는 않더군요.
어느 날 아기 눈앞에서 젖병 뚜껑을 열어 숟가락에 유축한 모유를 담아줬어요.
젖을 줄이는 것보다는 젖병으로 밥을 먹는 것에 익숙해지기를 바란 것이지요.
그렇게 젖병에 익숙해지고 나서는 유축한 모유와 분유를 번갈아 먹이면서
직접 수유하는 것은 물론 유축하는 횟수를 줄여나갔어요.
가슴이 너무 아플 때는 샤워하면서 손으로 조금씩 짜냈고,
완전 단유를 하기까지는 한 달 반 정도의 시간이 걸렸습니다.

사실 주변에 마땅히 물어볼 곳도 없고, 인터넷 글로도 다들 상황이 다르니
결국에는 직접 부딪혀보는 방법밖에는 없더라고요.
그래도 저의 젖 타령이 어딘가에서 고민하고 있을 수도 있는 한 명의
엄마에게라도 도움이 된다면 정말 좋겠네요! ^^

생후 7개월

정직한 호르몬

내 몸은 정직하다.
특히 호르몬은 정말... 후...

으득
으득

부지런하고
눈치빠른
녀석...

단유가 아직 완전히 끝나지도 않았는데
월경이 찾아왔다.

1년
반만의

안 반가운

손님...

어쩐지 요 며칠 오한이 나고
허리가 끊어질 것 같더라니...

?!

임신 초기 증상인데?!

둘째는
뽀뽀만으로도
생기나...

출산 후 월경통이 사라지기도 한다던데,
난 아니다... 아니야...

으어어....
어.. 어어...

다
다

#아파죽겠다 #자궁의분노 #둘째없냐 #둘째없냐고

오늘은 자유부인

단유 기념으로 혼자서! 외출을 했다.

외출이라
그래봤자 -

집 앞
카페지만
ㅎㅎ

200일이 넘도록 아기와 오래
떨어져 본 적이 없어서 불안했다.

가!!!
엄마
빠빠빠

나 굳이
안가도 돼-

못 이기는 척 등 떠밀려 나왔는데...
집에서 멀어질수록 기분이 좋아졌다.

미소가
스멀~
스멀~

발걸음이
깡!총!
깡!총!

오래간만의 나로서의 내 시간.
정~말 정말 좋았다.

앗...!
가방에서
기저귀
발견...!

내 아기
보고싶다~!

#나가서도 #결국 #아기사진 #아기는쿨 #아빠잘하네 #룰루랄라

제왕절개로 얻은 지렁이

#이게뭐야 #켈로이드 #처음들었음 #간질간질 #지렁이

248

엄마는 강하다

출산 후의 산모는 몸이 정말 후달달 거린다.

무조건! 회복에 집중해야 한다.

산후풍
조심!!

잘 챙겨
먹어요!

복대 →

← 손목보호대

← 양말

하지만 아기를 돌봐야하니

내 몸을 세심하게 챙기기 어려웠다.

산후조리
&
육아

동시에
불가능…….

그러다 이제 좀 여유가 생기니

어느새 내 몸이 회복된 게 느껴진다.

빠진 머리
다시 남

착색 없어짐

배렷나루
빠짐

관절통증
완화

내 몸 참 대견하다.

엄마 되니까 튼튼하고 강해졌네.

#옛날별명 #종이인형 #어느새회복 #튼튼한엄마 #근육빵빵

첫 부부싸움

연애 5년, 결혼 4년 차인 우리 부부…
여태껏 싸워본 적이 없었다.

둥글게~

둥글게~

근데 육아엔 예외가 없다.
정확히는 잠 못 자면 사람이 돈다.

응애! 응애! 응애!

끄르르 지금 새벽 2시…

깨욱? 또 깨니…

싸워봤어야 푸는 법도 알텐데.
우리 처음 겪는 냉전 상태를 푸는 법을 몰랐다.

회사 다녀올게.

엉…

결국엔 그냥 단도직입적으로 화해함.

화해해! 둘다 예민했어!

어! 인정!!

밥 먹어야 하는데 어색한 거 싫어 응응…

#첫싸움 #이것도기념 #화끈한화해 #맛있는식사 #냠냠

250

소원은 단 한가지

오래전부터 나의 소원은 단 한가지,
가족의 건강이다.

일확천금
필요
없어요...

건강이
최고...!

보름달을 보며 빌고,

건-
강-!!

촛불을 불며 빈다.

마음 깊이 간절한 소원이다.

이 소원은 부모가 되어 아기를 바라보면서
간절함을 넘어 절실해졌다.

아유~
작다~

작디
작고
소중해...!

넘치고 흐르도록 소중한 나의 아가야.
부디 건강하게 자라 주렴.

#평생소원 #가족건강 #100세시대 #무병장수 #제발

자유시간 너무 좋아!

아...너무 졸리다.

아기 낮잠시간 얼마나 남았지?

가 쿵...!

쪽쪽쪽

우걱우걱

냠냠

오! 하품한다! 눈 비빈다!

나도 같이 자야겠다.

아가야 코자자~

엄마랑 같이 자자~

오예-
잔다...!

zZ

....? 개운!!

zZ

만세!! 내 시간이다!!

#자유시간만세 #나도좀자볼까 #꿈틀꿈틀 #아기기상 #이것은국룰

생후 8개월

남편 야근 싫어…

오후 5시쯤이 되면 가슴이 설렌다.
남편의 퇴근이 가까워지고 있기 때문!

YEAH!!!

오늘도
다 갔다!!

그런데… 비보가 날아왔다.

쿠궁

여보…
나 야근해…

갑자기 하루가 엄청 길어진 느낌이라

기운이 쭉- 빠졌다

ㅁ 씻기고!
ㅁ 먹이고!
ㅁ 재운다!

한다…
해낸다…
끝내버려!!

야근하는 남편도 힘들텐데…
몰라… 남편 야근 싫어….

불태웠다
…..

Z z z

#남편야근 #남편회식 #이해해 #근데싫어 #여보언제와

옹알옹알 엄마아빠

#옹알이 #음마압빠 #감동 #내가니아빠다 #나는니엄마다

생후 8개월

우선순위 0순위

나는 매일 육아를 한다.
아기가 내 최대 관심사 0순위이다.

어제도
오늘도
내일도

네가
제일
소중해♥

앞으로도 나 자신이
0순위가 되는 일은 없을 것이다.

난
2순위…

나는…?
나는…!?

이젠 알겠다. 우리 엄마에게
내가 얼마나 철없는 소리를 했던 건지 …….

이제
엄마 인생
좀 즐겨~

난 자식한테
올인하고는
못살아~

나도 엄마처럼 좋은 엄마가 되고 싶다.
엄마 고마워, 매일 고마웠어.

엄마아빠
존경해요♥

러뷰
러뷰

#자식이0순위 #철부지딸내미 #좋은엄마 #나도될수있을까

똥 손 엄마의 이앓이과자

윗니 4개 이앓이 중인 아기를 위해

티딩러스크를 만들었다.

이앓이
과자-!!

일명
'아기개껌'

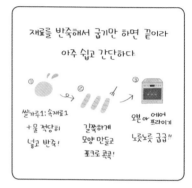

재료를 반죽해서 굽기만 하면 끝이라

아주 쉽고 간단하다.

① 쌀가루1 : 숙재료1
+ 물 적당히
넣고 반죽!

② 길쭉하게
모양 만들고
포크로 콕콕!

③ 오븐이나 에어
프라이기
노릇노릇 굽굽!!

그런데 그 쉬운 걸 제가 못 해냅니다...

겉바속촉
이랬는데...

이건 돌...
돌이야...

그래도 다행히 아기는 좋아해준다.
다음엔 더 잘 만들어줄게!

30분 넘게
꼬옥~
잡고 냠냠!

#이앓이과자 #도전 #폭망 #돌덩이 #오물오물 #잘도씹네

코코가 이앓이로 힘들어할 때에 티딩러스크를 알게 되었어요!

만드는 방법도 간단해요!

쌀가루에 고구마, 단호박, 바나나 등의 속재료를 넣고 물 조금을 넣어요.

반죽 후에 아기가 잡기 편하도록 길쭉하게 모양을 내서 구워주면 끝이랍니다!

속까지 잘 익도록 포크로 구멍 뽕뽕! 내 주는 것 잊지 말고요!

저는 에어프라이어로 앞에 10분, 뒤집어서 5분 정도 구웠어요!

마침 집에는 이유식을 만들고 남은 쌀가루가 있었기에 야심 차게 만들어 보았는데,

똥 손이 어디 가나요. 세상 딱딱한 돌덩이를 만들어냈습니다. ㅠㅠ

제가 먼저 먹어봤는데 너무 딱딱해서 '이걸 아기에게 줘도 되나?' 싶었지요.

그런데 원래 겉이 딱딱한 게 맞다고 해요!

질겅질겅 씹는 맛이 있어야 아기의 잇몸 간질거림에 도움이 된다고 하네요.

정말 그럴까 싶어서 반신반의하면서 아기에게 줘 봤는데, 세상에!

너무 잘 물어뜯어요! 하하.

아기가 뜯어 먹다 보면 덩어리가 목에 걸릴 수도 있다고 해서

곁에 딱 붙어서 지켜봤는데 조금씩 뜯어서 잘 삼키더라고요.

"오구 오구, 우리 강아지! 엄마가 다음에는 더 잘 만들어줄게!"

내려놔요, 엄마

원래 나는 숫자에
좀 집착하는 엄마였다.

어제보다
총량이
50ml나
적어!!!

낮잠을
2시간밖에
안 잤어!!

정답 없는 육아지만,
숫자는 꼭 정답이 있는 것 같았다.

잘 크고
있으면

아무 문제
아닌
것을 !!!

점점 집착이 줄고,
숫자 대신 아기를 바라보니 무진장 귀엽다.

으먀!!응으!!

이야~
이유식 팩 했네!!

아기가 무럭무럭 자라는 만큼
나도 착실하게 성장하고 있다.

내가!
정답이야!

#숫자집착 #기록집착 #내려놓기 #엄마가정답 #잘하고있다

258

코코가 잘 먹는 간식 BEST5!

요거트
오트밀이나 과일과
섞어주면
입 쩍!! 아기새 모드!!

블루베리
혹시 목에 걸릴까봐
반으로 잘라줘요.

과일퓨레
빠는 힘이 생기고나선
파우치형이 편했어요.

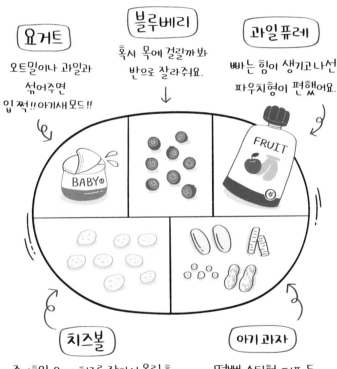

치즈볼
종이호일 위에 치즈를 잘라서 올린 후,
전자레인지에 30~60초 돌리면 끝!!
초 간단 핑거푸드!!!

아기과자
떡뻥, 스틱형, 퍼프 등
아기 발달에 맞춰 먹이는
재미가 있어요!

틈새 자유시간

아기는 나와 실컷 놀고나면
혼자 놀러 떠난다.

헤에…

이때부터가 중요하다.
슬며시 내 인기척을 없애야 한다.

합…!

최대적
＝재채기

그럼 잠시 동안은 한숨 돌릴 수 있다.

잘~
노네!!

이히!!

혼자 예쁘게 노는 아기도 구경하고
나도 좀 쉬는 즐거운 시간.

빤…

휙ㄱ

눈 마주치면
끝이다 …!

\#길어야20분 \#그래도소중해 \#눈피해서미안해 \#엄마좀쉬자

우리는 왕족 집안

쪽쪽!

아유,,, 에쁘다 우리 딸.
공주님 소리가 절로 나오네.

응?

우리 집 공주는 나였잖아.
난 이제 밀려난 거?

흐규
흐규

여보는 ,,, 여왕 !!!

그럼 여보는
대왕이네?

여왕마마!!!

대왕마마!!!

우리끼리 참 잘 논다. ㅎㅎ

#공주님 #대왕님 #여왕님 #족보없는 #왕족집안

생후 8개월

어쩔 수 없이 도치맘

#도치맘 #폭주 #너무예뻐 #너무귀여워 #코코최고 #코코만세

낮가리는 엄마

#초면에 #실례 #엄마가낮가림 #은근슬쩍 #도망

매일을 충실히

어렸을 때는
내게 주어진 하루가 당연했다.

별 생각 없이
태어났으니
사는 人.

헤에…?

요즘은 제한된 남은 시간을
하루하루 써 버리는 것 같아 아깝다.

오늘

이제

으아아…

지금은 내 인생에서 가장 건강하고,
안정적이고 빛나는 시절일 것이다.

와우!!

좋네
여기!!

그래서 매일을 더 소중하게
아끼면서 보내고 싶다. 그래야 한다.

#소중한매일 #최고의순간 #하루하루 #사랑하자 #아껴주자

장점만 쏙쏙

사춘기 때는 외모에 불만이 있었는데
지금은 만족하며 살고 있다.

뻔뻔한
내가
좋아-!!

그렇지만 굳이 따지면 콤플렉스는 넘쳐난다.

넓은 미간

낮은 코

커다란
앞니

둥글 넓적한 얼굴형

이런 내 모습이 아기에게 비치면 흠칫한다.
(뭘 해도 예쁜 내 아기지만...!)

앞니가
큰거
같아!!

응아아!

외면도 내면도 좋은 부분만
닮아줬으면 하는 건 욕심이겠지?

장점만
쏙! 쏙!

#뭘해도예뻐 #근데 #왜하필 #콧구멍이닮았어 #동그랗고큼 #흑흑

아기 낳길 잘했어!

"진짜로 아기를 낳기 잘했어!!"
라고 말하고 속으로 놀랐다.

오…
지금 완전
진심…

티끌 하나
없이
참트루…

그동안에는 좋다고 말할 때도
속으로는 힘들다는 전제가 있었다.

힘들지만~

힘들어도~

귀여워!

행복해!

뭐가 힘든건지 스스로도 정리가 안돼서
슬쩍 무시했던 감정이다.

바빠
바빠

음, 나 이제 괜찮은 거 같네.
다행이다.

고생했어.
애썼어.

헤…
힘드어쩌…

#진심 #아기낳기잘했어 #육아는어려워도 #엄마는힘들어도 #행복한육아

처음 아기를 안은 순간부터 지금까지 시간이 어떻게 지나간 걸까요?
지금 생각해보면 하나도 모르겠어요.
다시 해 보라고 하면 "저는 자신이 없어요!"라고 말할 정도로 최선을 다했어요!
소중하고 예쁜 아기를 보면서 마음속으로는 힘들다고 생각하는 것 자체가
스스로 나쁜 엄마라고 말하는 것 같았고, 부정적인 감정을 속으로 누른 거죠.

아기는 물론 사랑이지만 어느 날은 힘들게 해서 조금 미워 보일 수도 있잖아요?
매일 최선을 다했지만 힘든 날에는 좀 게으를 수도 있는 거고요.
그런데 아무도 뭐라고 하지 않아도, 저는 스스로 항상 죄책감에 시달렸던 거예요.
그러다 내가 완벽한 엄마일 수 없다는 것을 인정하니 마음이 조금씩 편해졌어요.
그리고 아기를 낳은 게 제가 살면서 제일 잘한 일이라는 생각이 들었어요!

육아는 힘들어요. 그리고 또 행복하고요.
힘든 부분을 인정하고 잘 다스려야 진짜 행복한 육아가 가능해지더라고요.
억지로 되는 것은 아니라 시간이 필요하지만요.
모두 저처럼 자연스럽게 느껴지는 날이 오기를 간절히 바랍니다.

힘들다는 생각이 들어도 괜찮아요. 나쁜 것이 아니더라고요!
지금도 자기도 모르게 힘든 것을 꾹꾹 참고 누르고 계실 엄마, 아빠들이 있겠죠?
힘드시죠… 저도 너무 잘 알아요.
서로가 알아준다는 것을 알고 있다면, 조금은… 조금은 괜찮아질 거예요!

누구세요?

오~랜만에 약속이 있어서
화장을 하고 안 입던 옷을 입었다.

이게
얼마만이야~

짜~ 잔!!!

그랬더니 아기가 날 보고
어리둥절해 한다.

?!

엄마
목소리…?

누구…
에…?

잔뜩 굳어서는 안기지도 않고,
웃어주지도 않았다.

아기야
엄마야!

단호한
거부

약속 다녀와서 씻고 잠옷 입었더니
그제서야 세상 반가워함….

그래~
이게
나지~

응아마!!
끼야!!

#우리엄마 #어디갔어 #낯선엄마 #돌잔치때 #어쩌려고

구강기 절정

지금 아기는 구강기의 절정이다.

입을 통해
세상을 탐색!

본능적 욕구
해소!

웬만하면 입에 물고
탐색해볼 수 있게 지켜보는 편인데,

어이구~

어이구~

맛나?!

쩝쩝

입에 안 넣었으면 하는 것만
골라서 물고 씹고 뜯는다.

챱챱

전선 위험해!!!

종이 지지!!!

오물오물

영소냐!!

물고 빠는 모습은 너무 귀엽지만,
매일 좀 환장.....

히에--

침이
범벅....

#갑자기 #오물오물 #바로 #입속수색 #뭐주워먹음 #확률백퍼

269

파스는 필수

아기를 안아 올리다가 허리를 삐끗했다.

오...
지져스...

허리는 쉬어야 낫는다는데 쉴 수가 없다.

육아는 정신력으로 해내는 것...!!

힙시트를
복대 삼아 버팀-

남편은 힘쓰는 육아(씻기고 몸으로 놀기 등등)를

도맡아서 하다 보니 손목이 나갔다.

힝...

파스냄새 물씬 풍기는

육퇴 후 부부의 모습... 훌쩍ㅠ

파스
다 썼다!

쟁여
놔야 해...

↙ 남편
손목용

#육아는정신력 #정신이육체를지배한다 #파스 #필수육아템

270

방귀쟁이 가족

#은근슬쩍 #방귀트기 #자연스러웠어 #너도나도 #방귀쟁이

271

이유식 거부기

이유식은 온갖 재롱을 떨어야
입을 벌릴까 말까 하면서

슈웅~
아~
칙칙폭폭!

뚝뚝!
맘마
왔어요!

간식 먹을 때는 아기 새처럼
입을 쩍쩍 잘도 받아 먹는다.

아!!

아

아

그래, 너도 사람인데
밥맛 없는 날도 있겠지.

에구...

안 먹고
싶어?

히
잉

이
잉

이해는 해. 이해는 하는데
그래도 한입만 더 먹어주겠니?

제발...

입에
넣어 줘...

#이유식거부 #엄마재롱잔치 #뱉고뿌리고 #남은건 #엄마몫

272

9개월에 찾아 온 첫 이유식 거부기!!
한 입 더 먹게 해준 필살기 아이템 BEST 5!

① 밥볼

이유식을 수저로 동그랗게 떠서 구우면 끝! (에어프라이어 160도 10분)
초간단이지만 제가 먹어도 맛있어요!

② 참기름

간장, 소금을 쓰기에는
아직 어려서 참기름을 선택!
한두방울로 고소해지는 마법!

③ 치즈

리조또를 해도 좋고
수저 위에 찢어 올려도
몇 입 더 먹었어요!

④ 김

아기용 김은 단계가 있더라고요!
그냥 김, 간장 김, 저염 김!
놀라워라! 저는 그냥 김을
첫 번째 김으로 먹였어요.

⑤ 시판 이유식

요즘 시판 이유식 잘 나와요ㅎㅎ
너무 지치는 날은 찬스로 먹였어요!
새로운 맛이라 곧잘 먹더라고요!

아기가 아파요

잘 먹고 잘 놀던 아기가
갑자기 토를 연속으로 했다.

1시간 동안
토 5번…

어쩌지
어쩌지…

급히 병원에 가보니 장염이었다.
설사와 열 없이 토하는 장염.

소화제+유산균
(더 심하면 수액+입원)

주… 우구…

다행히 약을 먹고 토는 멈췄고.
조금씩 밥을 먹으니 컨디션도 돌아왔다.

끼야아~!!!

묽은 분유

쌀미음

돌고래   부활!!!

정말 내가 대신 아프고 싶었다.
엄마가 못 그래줘서 미안해.

내탓이야
…

아냐~
내탓이야
…

아냐
내탓…

처음 아픈 아기 모습에 자책 한 바가지…

#장염 #기진맥진 #아프지마 #죄책감 #한바가지

274

그날은… 그냥 보통의 날이었고, 잘 먹고, 놀고, 이제 낮잠을 자려고 했어요.

그런데 그날따라 엄청 졸려 하면서도 잘 자지 못하고 엄청 칭얼거리더라고요.

눕히면 울고, 설핏 잠들어도 다시 깨서 울더니 갑자기 와락! 토를 했어요.

엄마인 저는 물론이고, 덩어리를 게워낸 것이 처음인 아기도 놀랐지요.

그러고는 계속 계속 연속으로 토를 했는데 정말 너무 무서웠어요.

탈수가 올까 봐 물을 마시게 했더니 그 자리에서 물까지 꿀렁꿀렁 다 토해냈습니다.

다행히 주말이라 남편이 집에 있었고 침착한 남편은

토가 기도를 막지 않도록 아기 몸을 숙인 채로 안아서 달래 주었지요.

토하다가 지친 아기가 품에서 잠든 사이 아이를 안고 병원에 다녀왔습니다.

의사 선생님은 흔한 장염이니 크게 걱정하지 말라고 하셨고

코코는 간단한 소화제와 유산균을 처방 받아서 집으로 돌아왔습니다.

그러고는 약을 먹고 미음을 조금씩 먹더니 기운을 차리고 다시 웃었습니다.

평소에는 어떤 일이 생겨도 보기보다 침착한 편인데, 아기에게 문제가 생기니까

머릿속이 말 그대로 새하얗게 변하면서 아무 것도 할 수 없었습니다.

엄마라는 사람이 이렇게 듬직하지 못하다니… 저는 어쩌면 좋을까요? ㅠㅠ

널 웃기기 위한 원맨쇼

아기의 웃음소리는 찐행복인데,
우리 아기는 크게는 잘 안 웃는다.

기본설정
= 음소거 미소

그래서 웃음을 빵!! 터트리고 싶어서
별 짓을 다하게 된다.

최선을 다한
괴상한 표정

우끼
우끼!!

까
하
하!!

어차피 보는 사람은 아기 뿐이라
딱히 부끄럽지는 않다.

무근본 댄스

호우!!

꺄르르헣!!!

♪

이렇게해서 웃으면 다행.
안 웃는 날에는 현타 쎄게 온다.

기저귀···
쓰면
가끔 웃어줌
ㅠㅠ

후···
인생···

#나는너의 #개그우먼 #춤이면춤 #노래면노래 #웃어만주세요

276

후회는 항상 남아

우리 집 아기는 이제
갓난아기의 모습은 벗어났다.

뿌우우!!!

그 시절의 아기를
잔뜩 예뻐했다고 생각하지만,

금이야
~

옥이야
~

못 해준 기억들도 선명하다.

왜~!!
뭐가
불편하니~!

아…
쫌…!!!

- 왜·뭐·쫌 3종 세트 -

엄마가 아직 사과도 못 했는데,
벌써 이만큼 자랐네, 우리 아기.

다시는 못 볼 오늘의 너를,
한번 더 안아줘야겠다…

#이래놓고 #오늘도 #쫌짜증냄 #왜뭐쫌 #뭐가문제니

아빠랑 친해요

남편과 아기는 6개월쯤까지도
서로 썩 편하지 않았다.

엄마 좀 쉬자…

응!!

지금은 남편이 퇴근하면
허겁지겁 마중을 나가는 사이로 발전…!

아기야!!

아빠 왔다!!

따 따~!!

그만큼 많이 친해져서 둘이 잘 논다.

정말 보기 좋다. (내가 엄청 편해졌고!)
앞으로도 사이좋게 지내길 바랄게~

둘 사이
응원해!

#아빠와딸 #친해지길바람 #엄마가 #아빠 #양보할게 #후후후

밥 냄새는 응가 냄새

임신 중 입덧기간에
밥 짓는 냄새가 그렇게 싫었다.

이불 속에
숨어도
냄새 풀풀~♨

구수한 그 냄새가 왜 싫은지
스스로도 이해가 안됐었는데,

원래
밥러버!!!

아기를 키우면서 밥을 할 때마다
자꾸 어디서 아기 응가 냄새가 났다.

안 쌌는데!?
엥?!
?

알고 보니, 밥 짓는 냄새랑
아기 응가냄새랑 뭔가 비슷 ...!!

구수꼬릿...?
요상하네
~""
킁
킁

#밥을짓는 #밥솥속에서 #네똥냄새가 #느껴진거야 #구수꼬릿

279

손이 모자라

아기를 돌보다 보면
손이 두 개로 부족할 때가 많다.

오늘의 할 일

○ 빨래
○ 설거지
○ 이유식 만들기
○ 청소
○ 장보기
⋮

육아 +

그럴 때마다 손이 두 개쯤
더 있었으면 좋겠다고 생각한다.

육아 + 집안일
동시에 척척!

아니면!
팔이 자유자재로 늘어나는 게 좋을지도?

응~ 맘마 먹자~

잉!!
잉!!

아니면, 그냥... 현실적으로
내 엉덩이가 좀 가벼워졌으면 좋겠다.

한번 앉으면
체감 궁딩 무게
최소 1T...

1T

#육아는길고 #하루는짧고 #엉덩이는무겁다 #이게제일문제

280

엄마들은 다 같은 마음

하루종일 풀파워로 아기랑 놀아도
지치지 않고 싶다.

놀수록
파워업!!!

실제로의 정신상태와 몸뚱이는
권태롭기 짝이 없다.

그으래~
다 뜯어라
~ ...

꺄!!!

뭘 하고 놀면 재밌을까
인터넷에 검색을 해보니 ....

← 10개월 아기
10개월 아기장난감
10개월 아기 놀이

연관검색어에
쪼르륵 - ...!

후후후 .... 다들 같은 마음이구나 ....

랜선육아
동지들
... ♥

든든해
... ♡

#육아권태기 #오늘뭐하지 #내일뭐하지 #앞으로뭐하지

281

절반 이상의 노력

스스로 하루를 돌이켜볼 때
아기에게 미안해하고 싶지 않다.

음... 오늘도
나름 애썼네!

그래서 유독 처지는 날에는
몰래 카메라가 나를 찍고 있다고 생각한다.

괜히 조금
성실해짐.

우와아...
재미지다...

항상 최선을 다하진 못 해도
중간 이상의 노력은 하고 싶으니까.

너니까 ...♥

난 어른이니까! 엄마 됐으니까!
밝고 긍정적인 엄마이고 싶으니까!

아자!

아자!

#나홀로 #육아예능 #노력하는엄마 #움직여라 #아자아자

너의 첫 걸음

내 손안에 쏙 들어오던 아기의 발.

이제는 제법 커졌지만

여전히 작고 보드랍다.

항냐

항냐

힝...

이 사랑스러운 발이 벌써

땅을 딛고 걸어갈 준비를 한다.

휘청~

휘청~

첫 걸음을 축하해.

너의 세상이 이렇게 또 넓어졌구나.

#벌써걸음마#왜이렇게빨라#천천히크자#그래도응원해#짝짝짝

느려도 괜찮아!

우리 집 아기는 몸 발달이 빠른 편이다.

생후 10개월

걸음마 터득중!

근데 행동 자체는 묘하게 느림.....

느려...!

무지 느려!!

아...

...ㅓ

아무래도 내 어릴 적을 닮았나 보다.

???

사회화로 빨라진 인간

느려도 괜찮아,

멈추지않고 해내면 되니까.

#느림보엄마 #느림보아기 #멈추지않고 #전진전진 #진격하라

엄마는 위대하다

나는 자존감이 높은 편인데도,
종종 남들과 비교하며 주눅이 들었다.

멋진
사람들…

난 쭈구리
찐따…

그래도
소중해…!

그랬던 내가 남편을 만나고
스스로에게 좀 더 당당해졌고.

멋진 사람이 날 좋아한다.

호?나도
멋쟁이?

아기를 낳고 키우는 지금은
뭐든 해낼 수 있을 것 같다.

내가 널 제일
잘 알아.
나 최고!!

나 엄청
좋아하는 애

쉽지 않은 육아에 지치는 날도 있지만
그래도 난 짱임!

으하하하!!
엄마는
대단하다!!

#힘을내요 #원더우먼 #엄마최고 #아빠도최고 #아기는사랑

둘째 보는 자세

#둘째보는자세 #아냐 #그만해 #둘째라니 #생물학적 #불가능

286

두 마리의 토끼

나는 엄마이기 전에
3N년 동안 온전히 나였다.

내 인생!
내 맘대로 살 테야

(부모님 말씀 잘 들으면서 살았다.)

그래서 이전의 나를 다 바꾸고
엄마로만 살면 내가 덜 행복해진다.

꽥액

나 자신만을
위한 것이 필요해!!!
자기개발! 성취감!!!

그림을 그리는 건 유일하게 남은
내 취미이자 일이고, 고민거리이기도 하다.

육아에 올인이
맞는 걸까...

내 욕심인가
…….

두 마리 토끼를 다 잡고 싶다.
내 욕심도 중요하니까, 해볼 거야.

#두마리토끼 #사냥꾼 #따당따당 #다잡을테야 #욕심쟁이

돌잔치 예행 연습

아기의 첫 생일이 얼마 남지 않았다.

직계가족끼리
식사 예정

한복…?
드레스?

돌 촬영…

돌떡 …
사진 정리…

왠지 그날 소감 인사 시키면 울 것 같아서
미리 감정을 잡아 봤는데.

장난감
마이크

아…
아…!

와우, 10초만에 울었다.
눈물 줄줄 …ㅠㅠ

건강하게…
큽…흡…

??

이 울컥함은 정말 어떤 말로도
표현을 못 하겠다.

하씨…

넌 감동이야
…♡

#돌준맘 #생각만해도 #눈물이줄줄 #언제이렇게컸어

288

지금 나에게 어울리는 옷

#고무줄바지 #세상편함 #진작살걸 #뱃살 #빠질줄알았지

지나고 나면 그리울 순간들

#코코야 #천천히커 #빨리좀커 #무한의굴레 #엄마의이중성

제발 잘 먹어줘

요즘 밥을 너무 먹기 싫어하는
아기에게 두부스틱을 해줬다.

잡!
잡!

데친 두부 잘라서 에어프라이어에
140도 10분, 뒤집어서 5분!

이유식과 촉감놀이로 먹어본 두부지만
처음 보는 모양에 아기가 멈칫거렸다.

??
??

뭐지…
망마…?

먹어
말아…

내가 먼저 한개 들고 먹으니
바로 따라 들고 먹는데, 그게 왕감동.

엄마 먹어?

아앙~!!

크흡!

근데 바로 뱉음^^
널 어쩌면 좋니. 후후후후후

뿌아~!!

와아…

#이유식거부 #미치겠다 #한입먹고 #촉감놀이 #대환장파티

291

아기 둘이 모이면 귀여움 폭발!

조카와 만날 때마다

아기들이 자라는 게 보여서 재밌다.

5개월 차이

처음 만남 : 둘다 눕눕!

아! 아!

아…

두 번째 만남 : 기기, 눕기

아부부!!!

세 번째 만남 : 걷기, 앉기

이제 곧 같이 뛰면서 놀 수 있겠다!!

네 번째 만남 : 뛰기, 걷기

#아기두명 #귀여움더블 #꽁냥꽁냥 #쑥쑥자라서 #사이좋게지내렴

늘어지게 쉬고 싶다

아무런 밀린 일도, 아무 생각도 없이
멍하니 쉬고 싶다.

육퇴 후
혼자타임

회사 다니랴 육아하랴 남편도 힘들텐데
어째 한번을 징징거리질 않지…

여보,
쉬고 싶지 않아?

응? 쉬고 있잖아.

아니야… 달라…
이건 한숨 돌리는 거지…

좀 더
게으르고 싶어…

#간신히육퇴 #질릴정도로 #쉬고싶다 #자고싶다 #녹아내리고싶다

그리운 그 시절

종종 아기 없이 남편과 둘이
알콩달콩하던 신혼 시절이 그립다.

헤헤 …

탱자

탱자

그런데 이런 뉘앙스의 말에 가~끔
급발진하는 사람도 있더라.

누가 억지로
낳으라고 했나!!

※ 인터넷 댓글로 많이 봄.

자기가 원해서
낳아놓고!!

나도 급발진 한다!!!

거참, 그리워할 수도 있지 !!!!

누가 뭐래도 난 예전이 그립다 !!

아기예쁜거랑
별개임!!!

과거는 그립고,
미래는 겁도 나지만 설렌다.

그럼 지금 잘 살고 있는 거 맞지!!

#신혼 #그때가좋았지 #지금도 좋지만 #가끔그리움 #예쁜거랑별개

다 알아서 짠한 마음

임신한 동서에게 물려주려고
아기의 물건들을 정리했다.

귀여워...
작아...

첫애라 열심히 알아보며 사고 쓴 것들이라
하나하나 애착이 갔다.

보관할까
....

아냐!!
물건은
써야옳지!

으 아쉬워...

신생아 시절 아기가 그립기도 하지만,
다시 돌아가도 힘들 것 같다.

신생아
보고싶다~

조카로
만족하자
...!!

임신은 축복이지만 엄마 노릇은 어려워서
고생할 동서가 짠하기도 하네....

출산
겁나요
....

토닥
토닥

#동서임신 #축하해 #행복하지만 #힘들거야 #꿀꺽 #삼킨뒷말

나보다 더 소중한 너

엄마지만 내인생은 내 거야!

제일 중요한 건 나야!

나를
놓지말자!

나는
나야!

라고 생각한다.

제일 중요한 건 나지만,

나보다 더 소중한건 아기다.

혹시 위급한 일생기면
아기 구해줘.

둘 다 구해야지.

무슨
소리야!

일단 아기!!!
무조건 아기!!!

임신을 확인한 그 날,

내 평생 삶의 목표는 정해졌다.

너를 건강하고 바르게 돌보는 것.

나를 쏟아 부어도 아깝지 않은 너.

존재만으로도 고마운 내 이쁜 아기.

#나의목표 #너의행복 #소중한너 #고마운내아기

엄마 껌딱지

나는 지금 변기에서 번뇌하고 있다.

나는 …
누구인가?

나는 …
무엇인가!

복잡한 마음을 감추고 화장실 문틈으로
아기와 까꿍놀이를 하고 있다.

까꿍!!

문 다
닫으면
울고불고 …

정말 이 짓은 하기 싫었는데
요즘 아기가 아주 대단한 껌딱지다.

엄마
30초만 …
화장실 …

응마!!
엄마아 !!!

후 … 사람으로서 뭔가 하나
크~게 내려놓은 기분 … 후후 … !!!

하.하.하.하
다-쓸려
내려가라!

#엄마에게 #자유를달라 #기본권보장 #인정사정없네 #파워껌딱지

297

넘치게 과분한 사랑

부모님께서 주시는 무조건적인 사랑이
그저 한없이 감사하고,

남편이 주는 사랑은
내가 뭐길래? 싶어서 고맙다.

아기는 ...그냥 세상의 전부가 나다.

분명 낳았지만 아직 이어져 있다♡ee

나는 받고 있는 사랑이 너무 많다.
도저히 다 갚을 순 없을 거야.

잘 하고
살자...

#사랑이가득해 #복받은사람 #가족 #삶의이유 #삶의목적

육아는 나의 일

전업맘인 내가 하는 주된 일은 육아다.

육아는 함께!

함께지만 주체는 나!!

넘쳐나는 육아정보들에

정신이 하나도 없는데, 쉴 수가 없다.

직장 다닐 때랑 비교할 수 없을 만큼

책임감이 크다.

농땡이 못 피워...

직장이랑 또 다른 점은 월급이 없어...

이번 달도 육아 열심히 했는데....

헹...

내 거가 다 자기거!!

#월말인데 #월급없나요 #사회생활 #하고싶다 #재취업 #가능불가능

아이고 우리 똥강아지

요즘 아기가 제법 말귀를 알아 듣고
상호 작용 놀이가 가능해졌다.

맘마!

까까!

까꿍!

잼잼!

책을 골라 와서 읽어달라고 무릎에 앉거나
술래잡기를 하자고 눈치를 주는데 …

나 잡으러
와 봐아~

왜 할머니들이 손주들에게
강아지라고 하시는지 알겠다.

큽 …귀여워…

꼬리가 보여-!!

점점 더 귀여워진다는데
그게 가능한 일인가 …!!!

심장아…

기대해라!!

#멍멍 #우리집 #똥강아지 #귀여워서 #심장어택

걱정 많은 엄마

엄마가 되고 제일 늘어난 건 걱정이다.

(아이러니하게 웃음도 늘어남)

걱정인형이
필요해…

PS. 줄여야만
했던건 잠 ᶻᶻ

별일 아닌 걸 알지만 걱정을 멈출 수가 없다.

콜록
콜록

천식
…!?

아토피
…?

이렇게 모든 것을 염려하고

조바심내는 겁쟁이 엄마인데,

쟐근

쟐근

항상 먼가
초조함…

너는 오히려 씩씩한 걸 보니

누가 누굴 키우는 건지 모르겠다.

#걱정봇 #조바심대왕 #쫄보엄마 #씩씩한아기 #기특해

화목한 우리 가족

산책을 나갔다가 남편이 멀리 떨어져서
나와 아기를 봤다.

멀리서 보니까 둘이
진짜 행복해 보인다.

흐흐, 행복하지~
나 후줄근하지 않아?

건혜!

그~으래? 꼬질꼬질하게
안 보인단 말이지...?

민낯

산발

씨익...

패션테러 →

비록 내 겉모습은 소박해졌지만
대신 화목한 가족을 이루었다. 야호!

나무보다 숲을 보자!!

#울창한숲 #금쪽같은내아기 #행복한가족 #더이상 #바랄것이없어

302

저는 이제 누가 봐도 아줌마입니다.

아기 엄마들끼리는 지나가면서 서로 다 알아보잖아요?

삐죽삐죽 잔디 머리, 대충 손에 잡히는 대로 입고 나온 옷, 화장기 없는 얼굴.

딱! 제 모습이에요.

물론 아기를 돌보면서도 스스로 잘 관리하시는 분들도 있지요.

그런 분들은 정말 부지런하신 분들이고… 저는 그냥 게으름뱅이에요. ^^;

근데 저는 원래도 그렇게 꾸미는 편이 아니었어요.

액세서리도 잘 안 하고, 화장도 간단히, 구두도 불편해서 못 신고요.

옷은 좀 알록달록하게 입었는데 아기 낳고는 그냥 무채색 인간이 되었네요.

다행히도 저는 긍정적인 사고회로를 가진 사람이에요!

더 정확하게는 긍정적으로 생각하려고 노력하는 사람이지요.

비록 저 스스로를 예전만큼 가꿀 수는 없지만, 저는 화목한 가정을 일궜어요.

이건 정말 대단한 업적 아닙니까?

아주 많은 노력과 시간을 꾸준히 투자해서 얻어낸 것이니

제 몸보다 커다란 금덩이를 줘도 바꿀 생각이 없지요.

제 인생에서 가장 후회 없이 잘한 일,

그건 바로 남편을 만나 아기를 낳고 우리 가족을 이룬 것이에요. ^^

대견하고 기특해!

오후 2시. 작년엔 아기가
내 배 위에서 자던 시간이다.

Z Z

지금은 아기가 배 위에 앉아서
방방 뛰고 있다.

컥!

함께하는 시간이
너무 빠르게 흘러가서 아쉽고

힘든 기억도
추억이네~

쌈
쌈

쑥쑥 자라서 즐겁게 웃는 너를 보면
대견해서 어쩔 줄을 모르겠어.

으~ 도대체 언제 이렇게 자란 거야!

#같은시간 #다른느낌 #그리운신생아 #추억미화 #폭풍성장

안녕, 낮잠 황금기

한 시간 걸려서 재우고 꼴랑 30분 자던
낮잠 수난시대를 지나고

쉬…
쉬…

잠투정
대박!

하루 두번 규칙적인 시간에 자고 깨는
낮잠 황금기를 만끽했다.

굴러다니기
시작하면서
뒹굴다 잠.

기
지
개
~!!

요즘은 슬슬 다시 재우기가 힘들어진다.

졸려서 울면서
놀고 안잠.

자고 기분 좋게
놀자고 …

낮잠이 한 번으로 줄려는 건가…

안돼… 엄마는 지금이 좋아…..

OFF버튼
없으려나…

??

#행복했다 #낮잠두번 #한번자고 #길게자라 #밤잠황금기 #기다려요

305

생후 12개월

진화한 잔디인형

아기를 낳고
후드득 빠져나가던 머리카락은

으아!

뱉어!

뱉어!

언젠가부터 삐죽삐죽 자라더니

앗!

잔디
인형!!

지금은 시스루 처피뱅이 됐다.

흥?

이게
뭐람...

오~완전 이상해...^^

#강제앞머리 #자라는게어디 #감사합니다 #자라나라 #머리머리

드디어 돌끝맘!

돌잔치 날 눈물이 날까 봐
미리 연습했던 소감은 결국 못했다.

입도
뻥끗 못함.

에......
어......

꼼지락

꼼지락

남편이 먼저 소감을 말했는데,
그걸 듣고 눈물이 터져버렸기 때문이다.

블라블라~ 너무 고생한 아내에게 고맙고

와락!

남편은 애교+자상한 사람이지만
대외적인 자리에서는 반듯한 사람이라....

위지... 서운한데
좀 섹시해...

히...

꼿꼿...!

그래서 그 자리에서
내 이야기를 할 줄은 몰랐단 말이야-!!!

결혼식 때도
안 울었는데!

사람들 앞에서
우는거
싫은데!!

결론은 아주 창피했다는 이야기.....

#남편의소감 #눈물샘자극 #눈물의돌잔치 #나도이제 #돌끝맘

☑ 돌잔치 준비 목록

제대로 하려면 결혼 준비보다 바쁘다는 돌잔치!
저는 코로나 때문에 직계가족만 모셔서 간단하게 했지만
기본적으로 준비를 해야 하는 것은 있었어요.

✓ 돌 사진 - 스냅아 스튜디오

스튜디오 촬영은 아기가 걸음마를 떼기 전인
10개월쯤 미리 찍어야 수월해요.

✓ 식당 예약

엄마아빠는 정신이 없어서 잘 못 먹어요.
손님들의 입맛, 홀 분위기를 고려합시다!
인기 많은 곳은 미리 예약을 해야 해요.

✓ 답례품

떡, 수건, 소금 같은 것이 무난해요.
요즘은 손 소독제도 인기가 있어요!

v 돌상

돌잔치 장소에서 제공 되거나
대여가 되기도 하니 함께 알아봐요.

v 의상

한복도 좋고 정장도 멋져요!
돌상 분위기와 맞춰서 선택해야
사진이 잘 나와요.

v 성장동영상

사진들 정리하면서 무조건 울어요.
너무 감동이고, 너무 많아서 …ㅠㅠ
사진은 가로로 된 게 더 좋아요!

v 초대장

규모에 따라서 안 만들기도 해요!
저도 안 만들었는데 무료제작앱도 있어서
어렵지는 않겠더라고요.

초대합니다.

코코야, 뭐 잡을래?

아기가 뭘 잡으면 좋겠나요?

뉘..?

에...?

남편과 나는 돌잡이에
크게 의미를 두지 않고 있었다

음...
붓??

길쭉~
하네

사실은 명주실이지만...

왠지 아기가 붓을 잡을 것 같아서.

음...
엽전?!

짤랑
짤랑

사실은 명주실이지만...

짤랑거려서 아기가 웃어줄까 싶어서.

아기는 한 손에 붓과 판사봉을 함께 잡았다.

녀석... 야망이 크구나...!

네가 뭘 꿈꾸든 너의 길을 응원할게!

#돌잡이 #코코의선택은 #판사봉 #붓 #한손에꽉 #하고싶은거다해

310

여전히 아기는 자란다

돌이 지나고 약간 번아웃이 왔다.

푸쉬
쉭

하얗게
불태웠다
....

육아는 평생인데 어쩐지 나는
돌만 바라보며 달렸나 보다.

의욕이 한풀 꺾였어도
하루는 시작되고 아기는 자란다.

좋은 아침!

♪

무럭무럭, 하루도 쉬지 않고
부지런하게도 자란다.

??

나도 계속 힘내보자!!으쟈쟈!!

#돌끝맘번아웃 #목표달성 #후폭풍 #육아는평생 #다시힘내자

311

생후 12개월

우리는 함께 자란다

아기와 함께한 1년은

인생에서 제일 애쓴 열두 달이었다.

매 순간을 즐기려고 했지만,
그러지 못한 날도 많았다.

돌이켜보면, 아기가 태어난 날

나도 엄마로 다시 태어난 것이었다.

쫙?

모든 게 처음이었고 무든지 새로웠다.

아등바등 엄마 노릇을 하다 보니

어느새 아기는 눈부시게 자랐다.

자란 것은 아기뿐만이 아니다.

나도, 남편도 이제 제법 부모 티가 난다.

앞으로의 우리도 눈부실 거야.

#꽉꽉 #내가엄마래 #너와의열두달 #반짝반짝 #우리가족

돌잔치를 준비하면서 임신했을 때부터 지금까지 찍은 사진을 쭉 정리했습니다.

매일 하루도 빠짐없이 사진을 찍었기에 넘쳐날 정도였어요!

그 사진을 찬찬히 보다 보니 눈물이 핑 돌았습니다!

아기가 자라나는 모습이 감격스러웠고, 더 아기였던 시절의 코코가 그리웠어요.

제가 정말 잠도 못 자고, 씻지도 못했던 그 시절을 그리워할 줄은 몰랐는데...

수천 장의 아기 사진 속에 드문드문 섞여 있는 남편과 저의 모습도 감동이었어요.

불룩 나온 배를 소중하게 감싼 손,

갓 태어난 코코를 소중하게 안고 있는 서툰 자세,

이유식을 처음 먹일 때, 아기보다 더 들떠 있는 표정,

걸음마를 시작한 코코와 손을 잡고 산책하는 모습까지...!

아기가 자란 만큼 남편과 저도 함께 엄마 아빠로 성장했더라고요.

아기를 돌보느라 서로의 모습은 신경 쓰지도 못했는데 어느새 우리는

듬직한 부모가 되어 있었고, 이렇게 되기까지 서로 얼마나 애썼는지 알기에

어쩌면 아기의 성장보다도 더 뿌듯했답니다.

그런데 돌잔치가 끝나고 저에게는 번아웃이 찾아왔어요.

목표가 있어야 의욕도 생기고 활기차지는 성격인 저는,

몇 살에 취업하고, 몇 살에 결혼하고, 아기는 언제 낳을지까지 미리 계획했던
징글징글한 사람입니다. 심지어 당시에는 남자친구도 없었어요!
뭐, 정말로 그때 계획대로 그 나이에 결혼하고 아이도 낳기 했지만요! 하하.

그러다 보니 아기가 태어난 후에도 저도 모르게 목표를 '돌'로 정하고 달렸나 봐요.
돌잔치가 끝난 날 저녁에 이상하게 잠이 안 오더라고요.
'낮에 너무 정신없이 보내서 그런가 봐.'라고 생각했는데, 그게 아니었어요.
다음 날도, 그다음 날도 잠도 안 오고 괜히 마음이 헛헛했어요.
왜 그런지 가만히 생각을 해봤습니다.
음… 내일이 기다려지지 않더라고요.
내일도, 내일모레도 그냥 비슷비슷한 하루라는 생각에 설렘이 없었어요.

아기는 너무 예뻐요. 돌 무렵의 아기는 정말 말도 못 하게 귀엽지요.
혼자 잘 노는 아기를 보면 너무 귀엽고, 눈에 넣어도 안 아플 것 같지요.
그런데 제 마음의 허무함이 문제였어요!
목표를 잃은 마음이 갈팡질팡하면서 중심을 못 잡고 있었어요.

제가 그렇게 헤매고 있는 와중에도 아기는 참 잘 놀고, 잘 자고, 잘 웃더라고요.
자기가 돌이 지난 것도 모를 텐데 그냥 똑같이 매일 열심히 사는 아기를 보니까

제가 고민하는 문제는 아무것도 아니라는 생각이 들더군요.

365일에서 366일로 숫자 하나 바뀐 것뿐인데 괜한 의미부여를 한 건 저니까요.

물론 또 새로운 힘든 일이 생길 수도 있겠지만, 아기는 날이 갈수록 예뻐지고 있어요.

이제 곧 말문도 트여서 예쁜 짓도 더 많이 하겠지요.

이제 분유도 떼야 하고, 유아식도 시작해야 하고, 쪽쪽이와도 슬슬 작별해야 하니

익숙해진 일은 뒤로하고, 새롭게 맞이할 새로운 일도 천지네요!

계획쟁이 엄마는 다시 한번 힘을 내서 하루하루 소중하게 즐겨보기로 합니다!

앞으로도 저희 세 가족은 함께 자라나겠지요.

우리 인생에 꽃길만 있을 수는 없을 거예요.

앞으로 살아갈 세상에 거친 흙길과 울퉁불퉁한 돌길을 만나도

언제나 셋이 손 꼭 잡고 마음만큼은 반짝거릴 수 있기를 간절히 바랍니다. ^^

둘에서 셋으로, 초보 엄마 육아 일기
코코네 집으로 놀러 와!

펴낸날 1판 1쇄 2021년 3월 8일

지은이 박로토
펴낸이 고은정

펴낸곳 루리책방(ruri-books)
출판등록 2021년 01월 05일
주소 경기도 의왕시 내손로13 (109-304)
전화 070-4517-5911
팩스 050-4237-5911
이메일 ruri-books@naver.com
인스타 @ruri_books

ISBN 979-11-973337-0-5 03810
ⓒ박로토 / 2021

In his heart a man plans his course, but the LORD determines his steps.
-Proverbs 16:9